二見サラ文庫

平安算術がーる

遠藤 遼

Illustration

vient

本文Design

ヤマシタデザインルーム

C O N T E N T S

今有雉兎同籠
上有三十五頭
下有九十四足
問雉兎各幾何

（いま、同じ籠の中にキジとウサギがいます。
上を見ると頭が三十五あります。
下を見ると足が九十四あります。
何羽のキジと、何匹のウサギがいますか？）

――『孫子算経』

答え……キジ　二十三羽、ウサギ　十二匹

序

春。平安京は美しい。桜が気高く清らに咲き誇るさまに人びとの心は躍っている。宮中の花宴の節のみならず、名のある貴族たちがこぞって宴を開いては、桜が散るまでに何度その美しさを愛でられるかを競っていた。

春霞のたなびく山に桜が行ってしまう前に、管弦や舞や曲水のあそびがしきりに催され、都のあちらこちらで楽しげな声が聞こえる。都がもっとも華やぐ季節だった。

その都の絢爛な賑わいに、ひとり背を向けた貴族の娘が、局にこもって何やらぶつぶつつぶやいている。

「この赤と黒の棒の美しさ……たまらない」

自分の中指ほどの長さにそろえた長方形の木を何本もいじりながら、彼女――邸では和子と呼ばれていた――はうっとりしていた。

色白の肌はきめが細かい。眼は好奇心に満ち、目の前の赤と黒の木に夢中だ。聡明そうな額をしているのに、楽しそうに微笑んでいるやや薄い唇と小ぶりの鼻のせいで、どこか幼く見えてしまっていた。身につけている衣裳は春らしい色使いが上品で、薫香もすばらしい。けれども格式張ったものをまるで感じさせない気安さがあった。

庭には桜がいまを盛りとばかりに咲いているのに、顔を上げるそぶりもない。

そばには大人の男の両手ほどの小さな仔犬がいる。茶色と白の毛並みがふわふわしていた。黒い瞳は濡れ濡れとしていて、正面から見るとどこか垂れ目に見えるのが愛らしい。胡桃丸という彼女の愛犬だった。

胡桃丸は小さな尻尾をぱたぱた振って彼女の動作に見入っている。

彼女は赤と黒の木を縦にしたり横にしたり、何度も何度も繰り返していた。

この、赤と黒の木は算木と呼ばれている。

「桜の花びらの枚数も行く川の流れの水量も、世のすべての数が、この赤と黒の算木で表すことができる――何て美しい。主上のお后さまの唐衣よりも美しい……」

算木は算術で使う。

いま、算木をあれこれと並べている娘は、釈迦大如来の説法に随喜の涙を流す観世音菩薩もかくやという、恍惚とした表情をしていた。

ありていにいって、和子は算術に傾倒しきっているのだった。

和子はこの邸の主の娘である。

主である父親は藤原家の一員で、高位ではないが吉備国の国司であり、それなりに暮らしぶりには恵まれていた。見目も悪くなく、若い頃はそれなりに浮名を流したとか。和子の上には三人の男子がいてそれぞれ役人として働いているが、父親は唯一の娘を深くかわいがった。主上の后にしても恥ずかしくない器量だと思っているが、本当は主上の后にだってさせたくない――要するに手元に置いておきたいらしい。

「そんなことをあなたが考えているから、あんなふうになってしまったのですよ?」と吉備の母は夫をなじる。色白で目鼻立ちの整った顔のため、怒るとなおさら怖い。「もう十八歳だというのに。今年だけではなく、去年も一昨年も、どこの観桜の宴に誘われても、まったく見向きもしない」

「ふむ……」

「ふむ、じゃありません。女の美しさは、花のように移ろいゆくのですよ?」

そう言って和子の母は、ある歌を諳んじた。

花の色は　うつりにけりな　いたづらに
わが身世にふる　ながめせしまに

——桜の花の色は、むなしく色あせてしまった、春の長雨が降っている間に。同じように私の容貌も、恋や世のもろもろに思い悩んでいるうちに色あせてしまった。

美貌の誉れ高かった小野小町（おののこまち）の歌とされている。その内容も技巧もすべてが桜のようにはかなく美しい。時の流れの残酷さがかえって美を引き立てている……。

だが父は違うところで反応した。

「え？　恋？　誰かおるのか？」

母が夫を打擲（ちょうちゃく）する。「何を言ってるんですか！　そこではないでしょ」

「痛い、痛い。何も殴らなくてもいいではないか」

「和子にも同じ歌でお説教したら何て答えたと思いますか」

「何と答えたのだ」

「しばらく考えて、桜は長雨になればせいぜい五日で散ってしまいます、けれども女の美貌が失われるのはもっと先なので、この歌は間違っています、と答えたのよ」

「ははは。算術で見たら間違いと来たか。何とかわいいやつよ。恋だの何だのはまだ早い」

父はそれなりに出世してきた人間なのだが、和子のことになると頭の中がかかし同然になってしまう。母は頭を抱えた。

「何言ってるんですか。あなただって、わたくしという他人の娘に手を出したのですよ？」

「それはまあ、そうなのだけど」

この時代、美醜の判定は歌のうまさや字の美しさ、薫香の巧みさ、髪のつややかさなどに求められた。たったひとりの娘である。さらに言えば、傍流とは言え、いま政を取り仕切っている藤原家の一員。両親は親戚の伝手を最大限に利用して、和子に歌や字などを教えてきた。

「あの子、ぜんぶ知ってるはずですよ？　何しろ、先に入内した藤原定子さまやその兄上さまと一緒に手習いをしてもらったこともあるのですから」

藤原定子はいまをときめく藤原氏のなかでももっとも可憐な姫だった。美男で知られる父・藤原道隆と女流漢詩人として名高い母・高階貴子のよいところをすべて受け継いだと言われる光り輝くばかりの姫である。女御として今上帝に入内したばかり。定子のほうが主上より三歳年上だが、夫婦仲は大変睦まじいとの評判だ。

その定子の兄たちとは道頼や伊周だったが、いずれ劣らぬ美男子たちで、都中の女性たちの憧れと言えるほどの人気だった。

そのような人びとと一緒に文机を並べていたはずなのに——。

「算術とか算木とか数が絡むと、もうそれで頭がいっぱいになるのだが、逆に言えばやればできる子なのだ。それを隠しているのも何とも奥ゆかしい」

父親の親ばかはどこまでも続く……。

すると、母があることを思い出し、あ、と間の抜けた声を発した。

「ひとりだけいましたね。あの子が心からお慕いしていると言った方が」

父が色めき立った。「だ、誰ぞ⁉」

「大学寮算博士（さんはかせ）・小槻忠臣（おつきのただおみ）どの」

「小槻忠臣どの……私より二十も年上ではないか！」

和子の両親は緊迫した面持ちで夫婦会議を始めた。

その結果、ふたりはある結論に達するのである。

和子を、一日も早く出仕させよう、と。


かくして和子は桜の散り始める頃に後宮に出仕することになった。女房名は「吉備」。

父の領国から取ったものだった。

最初こそ笑顔で出仕した和子――いや、吉備だったが、数日たつとぶーたれはじめた。

「話が違う……っ」

出仕したら算術し放題だと思っていたのに……っ。

吉備が配属されたのは内侍司という女官の役所だった。

『内侍司というのは、後宮十二司という十二のお勤めのうち、いまはいちばん大切なところなのよ』

と出仕する前に母が教えてくれた。

『はあ……』

自分が出仕するなどまだ夢のなかのような気がする……。

出仕というのは、人と接し、話をし、いろいろ働くアレのことであろう。

それよりも、赤と黒の算木と語らっていたほうが幸せなのだが。

『内侍司というのは主上の近侍。奏請と内侍宣という伝宣、宮中の礼式などを司ると定められていました。いまではほかの司の役目も吸収していっています。たとえば、割符の管理や物の出納を掌握していた蔵司の役目とか』

思わず眉が動いた。

『割符や出納……数を数えないといけないですよね』

『衣裳や宝物などの出納には過不足があったら一大事。出す数、入る数を丁寧に管理しなければいけません』

『母上さまっ。それはもしかして算術が必要な……?』

母はたっぷりと含みを持たせて微笑んだ。

『いま内侍司は大きくなりましたが、それぞれの役目に見合うだけの人がいるかどうか。算術のできない人もいるでしょうし――』

頭のなかで忙しく計算する。

出仕はもはや逃げられない事態らしいというのはわかった。

ならばあとはどこへ配属になるかだ。

彼女の希望はただひとつ。算術ができる場所であること。できうるならば、朝から晩まで算術が必要なところがいい。朝から朝まで算術漬けでもかまわない。

『母上さまっ』と母の両手を自分の両手でしっかり握りしめる。『私にぴったりのお勤めですっ。いえ、私がやらなければならない天命というべきお役目でございます』

『まあ』

『母上さま、私のためにこのようなすばらしいお勤めを見つけてくださり、本当にありがとうございます』

と早口でまくしたて――現在に至るのである。

しかし、頭の中が算術で一杯の彼女は母がなぜいまになって出仕させたのかまで思い至らない……。

これで算術をずっとできる。しかも、算術をやりながら、俸給までいただける。

ほくほくとしていた吉備の期待は、初日から打ち砕かれた。

上役としてつくことになった中納言は、挨拶とひととおりの説明が終わると、さっそく吉備に棒ぞうきんを渡してこう言ったのだ。

「これで後宮ぜんぶをきれいにしてきてください」

「え」

「後宮の勤めは掃除に始まり掃除に終わります。丁寧に頼みますよ?」

「あのぉ……算術とかは――?」

中納言は珍奇なものを見る目で、吉備に首をかしげるばかりだった。

後涼殿(こうりょうでん)から外を見れば、葉桜の若い緑がやわらかく揺れていた。

第一章

夏の香りが知らせる出会い

後宮に出仕すれば算術やりたい放題だと思っていた吉備は、それが嘘だったとわかり、さっそくやる気をなくしていた。

若葉の枝を小鳥が次々に飛び移っていく。そのたびに枝はかすかに揺れながらしなる。

――このときのしなった枝の曲線が描く円の面積を求めたい。

吉備は鬱々とそんなことばかりを考えている。

来る日も来る日も雑用ばかりである。

出仕三日目のいまも、後宮全体の部屋で使う明かりのための油を、同僚とふたりで補充して回っているのだ。

「話が違うよぉ……」

吉備が再び泣き言を言うと、一緒に油を運んでいた若狭が苦笑した。

「毎日それればっかりですね。何をそんなに嘆いているのですか」

若狭は内侍司の同僚だったが、数カ月ほど出仕が早い。そのため、吉備とは同い年だが、先輩役――といっても仲のよい友だち同士の雰囲気だが――として一緒に役目を果たすようにしていた。

若狭も貴族の娘である。吉備と同じく、父親の所領から若狭と呼ばれていた。気立ての良い娘であり、桜躑躅の襲色目に濃い藤色の唐衣を上品に着こなし、器量も良かった。絶世の美女というわけではないが、いつもにこにこ明るく勤めをこなしている雰囲気が、上役の中納言や、主上の衣裳回りを見ている加賀典侍といった古い女官たちからも評価されているようだった。

「話が違うと言ったら、話が違うんです」

吉備は紅梅匂の襲色目の上に赤色の唐衣を身につけている。若狭と比べると、やや幼くもあるが愛嬌があって、周囲の評判もまずまずだった。

「たとえば何がですか？」

と若狭が立ち止まる。向こうを蔵人がひとり、急いでいた。庭先の大殿油に油を入れるために、ふたりで簀子を降りる。

「事前に母から聞いていた話と全然違うんです」

と、油を補充しながら吉備が声を潜めて抗議した。

作業をしながら吉備は若狭に母の話と現実の食い違いを説明する。

ただし、何でもかんでも〝だまされた〟わけではなかった。

かわいがっている仔犬の胡桃丸は、一緒に出仕できたのである。

ほんとうは、出仕にあたって胡桃丸は実家においてくる予定だったのだが、吉備がいなくなった途端に、えんえんと吠え立て始め、やむところがなかった。吉備の顔を見れば鳴きやむ。吉備が見えなくなれば吠え出す。後宮でも犬を飼うことはあるから連れていくことになったのである。

吉備がいなくなることに胡桃丸が耐えられなかったようだが、吉備のほうでも算術のみならず胡桃丸からも引き離されていたら、一日で魂が抜けて実家に戻っていたかもしれない。

その胡桃丸は、いま弘徽殿にある吉備と若狭の局でお昼寝を楽しんでいるはずだった。

弘徽殿は本来、主上の后たちのなかでもっとも寵愛を受けている人物に与えられることが多かったが、現在は誰にも与えられていない。ただ、西廂が細殿になっていて、吉備ら内侍司たちが居住空間として利用していた。

油を入れ終わって簀子に戻った若狭は、くすくすと笑い始めた。

「ふふ。ふふふ」

「何がおかしいのですか、若狭」

「だって、いまのお話を聞くと吉備の母上さまは〝後宮に出仕すれば算術し放題〟なんて言ってませんもの」

「へ⁉」吉備の眼が宙を泳いだ。ものすごい勢いで記憶を振り返り、母の言葉を何度も仔細にわたって思い出す。「……ほんとうだ」

でしょ、と笑う若狭。

「やっぱり私、だまされてたのね……」

「この場合はだまされたほうが悪いようにも思いますけど」

「何でもいいから算術やりたいー」

「駄々をこねない」

と若狭があやす。

「だって、中納言さま、ときどきため息ついているのよ？　布から薫物まで、出し入れの数がずれてることがよくあるって。そんなの私にやらせてくれればいいのに」

「算術、というか、数が絡めば何でもいいのですか」

「数は美しいのです」

吉備が凛々しく言い切った。

「美しい、のですか……」若狭がきょとんとしている。

「算術で計算した答えは、たとえば『十』と言ったら『十』なのです。『十』だけど『百』も正解、なんてことはないのです」

歌も文字も何通りもの表現があるけれども、そのようなこともなく簡潔で清らかだと吉備はさらに力説した。

「はあ……」若狭の疑問めいた表情はまるで晴れない。「吉備は字もすぐれていますし、歌だってよく知っているのに、算術がいちばん好きなのですか」

後宮に泊まりがけのときに、手すさびに紙に古今の歌を書いてみたり、漢詩の韻ふたぎで遊んだりするので、吉備の聡さは若狭も知っているのだった。

「あああ、歌より字より算木を操りたい……」

「まあまあ」

「せめて数に関するお勤めを！　そうすれば私、生きていけるのに……」

しょぼくれた吉備が簀子の角を曲がった。

そのときである。

不意に何かにぶつかる衝撃を受けて、吉備がしりもちをついた。

「きゃあ」

「うわっ」

ふわり、と蓮の花に似たさわやかな香りが広がる。しりもちをついた吉備は手にしていた油が少し漏れて、せっかくの十二単を汚してしまった。

「いたた……」

「悪い悪い。大丈夫か」

すぐ目の前に青色の衣裳を着た若い男が立っている。蔵人にしか許されない色だ。目元はすっきりと清げで、鼻筋は通り、引きしまった唇をしていた。蔵人という、主上回りを固める人材らしく、機転の利きそうな整った顔立ちをしていた。

ぶつかった相手が男の蔵人だったため、若狭が息をのんでいる。この時代、本来であれば女はごく親しい身内や夫以外には素顔をさらさないとされていた。衵扇（あこめおうぎ）と呼ばれる扇で顔を隠すのが普通なのだ。ただし、内侍司は忙しく立ち回って両手が塞がっていることもしばしばのためにそうも言っていられず、男に素顔をさらすことになるのだが、若狭はまだなれていないようだった。

蔵人は吉備を起こそうとしたが、彼女はそれを無視して手にした油を覗（のぞ）き込んだ。

「ああ。油が」

「あ、すまぬ。十二単が汚れてしまったか」

するとと吉備は、蔵人をにらみ返した。

「そうではありません！　あなたに転ばされて貴重な油が、わずかとはいえ無駄になってしまった。弁償してください！」

蔵人は一瞬あっけにとられた顔をしたが、すぐに吹き出した。

「ふふ。自分の衣裳の汚れよりも油を気にするのか」

「あたりまえです」と吉備は立ち上がり、両手を腰に当てて抗議を継続する。「自分の衣裳は自分で何とかできます。ですが、この油は畏(おそ)れ多くも主上の油であり、民の税です。私、たとえごまの一粒、米の一粒であっても、民の税をおろそかにしてはならないと両親から教えられてきました」

「はは。おぬし、おもしろい女官だな。内侍司の新入りか。俺も叔母(おば)が出仕していてな。何と呼ばれている？」

　蔵人の一言が、まさしく火に油を注いだ。

「人の名を尋ねるときはご自分が先に名乗りなさい！」

向こうの殿舎の簀子を歩いていた女房たちが何事かとこちらを向いている。若狭が彼女の衣裳を引っ張り、「このくらいで……」とささやく。

　相手の蔵人はやや鼻白んだような顔になりながらも周りにすばやく視線を走らせた。彼としてもこれ以上悪目立ちするのはイヤだと思ったのか、素直に名乗った。

「源匡親(みなもとのまさちか)だ。見てのとおり蔵人」

「私は内侍司の女官で吉備と呼ばれています。先ほども向こうをうろうろされていましたね、匡親さま」

　匡親の目が驚きに見開かれる。

「見ていたのか」

「覚えていただけです」

匡親が小さく舌打ちをして、表情をあらためて声を潜めた。

「油のほうはちゃんとあとで弁償する。――だから先ほど俺を見たことは内緒にしておいてくれ」

「何かやましいことでもあるんですか」

「ない」

と厳しい口調で言うと、匡親はそのまま行ってしまおうとしている。

吉備はちょっとかちんときた。

「それではごきげんよう」と吉備は彼の背中に向けて声を投げた。「源でも橘でもなく、荷葉の薫物の匡親さま」

その声に匡親がぎょっとした表情で振り返った。


それからさらに二日たった。

相も変わらず吉備と若狭は忙しく立ち回っている。

今度は間近に迫った更衣のためだった。来月四月から暦の上では夏になるためだ。更衣は年に二回、四月一日と十月一日に行われた。四月一日の更衣では、冬装束は夏装束にあらためられる。さらには几帳その他の調度品がすべて夏向きに変わるとなれば大変な仕事量となる。重いものを運ぶときには男の蔵人の力も借りながら作業を進めていくが、やはり後宮特有の細々としたものは女官女房が管理しなければいけない。

ことに今年は一月に藤原家の姫ぎみである藤原定子が三歳年下の今上帝に入内したばかりである。輝くばかりの美貌の定子は、ほどなく従四位下となり女御となったのだが、名実ともにいまの後宮の中心であり、この美しい新女御をたたえるように、周りは細かなところまで気を配っていた。

もちろん定子自身の身の回りの物は父である摂政・藤原道隆が選りすぐりの品々をそろえているが、それを生かすも殺すも周囲の人間の心配りによる。定子付きの女房たちだけではなく、内侍司以下の女官たちも衣裳や薫香に気を配らなければならなかった。

そうなれば、内侍司たちはなおさら忙しく、末席の吉備も例外ではない。それぞれの女房や女官たちに実家から届いた夏装束を届けたり、後宮すべてのしつらえを夏物に切り替える準備をしたりしていた。

「几帳の布って案外重いのね」

と吉備がうんうん言いながら運んでいる。

「几帳に限らず絹や布は重いですよ。あ、吉備、ちゃんと前を見ないと」

若狭が注意を促したそのときだった。

あぶない、という若狭の声が聞こえたような気がした。

気がつけば目の前が揺れて、しりもちをつく。

「いたた……」

腰の鈍い痛みに顔をしかめていると、簀子の曲がり角からまたしても匡親が出てきた。腹部を押さえながら、うんざりしたような顔をしている。

「吉備どの。おぬしはアレか。必ず誰かにぶつからないといけないようにできているのか」

「匡親さま。ごめんなさい」

弾(はじ)かれたように謝った吉備に、匡親がやや驚いていた。

「い、いや。こちらこそすまぬ。大丈夫か」

「大丈夫です」

「匡親さま、吉備の持っていた布がおなかに当たったみたいですけど、大丈夫ですか」

と若狭がおずおずと尋ねた。

「ああ、まあ、ちょっと入ったが、大丈夫だ」

よかった、と微笑む若狭に代わって、吉備が素朴な疑問を口にする。

「匡親さま。このようなところをうろうろしていていいのですか。蔵人というのは主上の回りのお仕事をしていると思っていたのですが……」

「おぬし、ひどい物言いだな」

するとと吉備が心外そうな顔をした。

「だって一昨日ぶつかったのもこの辺りでしたし、昨日もこの辺りですれ違ったではありませんか」

匡親が少し目つきを厳しくして視線をそらす。

「別に暇でこのようなところを歩いているわけではない。俺は俺なりに用事があるんだ。……まったく。この前といい今日といい、何で俺はこんなのにぶつかったんだ」

そのまま匡親がその場を去っていこうとしたときだった。

「匡親さま」と吉備が声をかけた。

「何か？　今日持っているのは布であろう。油ではないのだからこぼしていないよな。あと先日の油はちゃんと俺が自分で用意して倉庫に補充しておいた」

「油のことなど何も申しておりません。そうではなくて、今回も前回と同じくよい香りがしています」

「おぬし、鼻がいいのだな。うちの叔母は昨年くらいから、春になると鼻が詰まってしかたがないそうだが」

「いや、それほどではなくて。ほら、いまそこに何かを落としましたよ」

と吉備が簀子を指さした。

何か黒くて丸い、丸薬のようなものがある。

そこからいい香りが発されていたのだ。

すると、いますぐこの場からいなくなろうとしていた匡親が慌てて振り向く。

彼が手を伸ばすよりも先に、吉備のほうがその丸いものを手にしていた。

「これは……？」

「いい香りがしますね」

と若狭が覗き込んで鼻をひくひくさせる。吉備も軽くその丸いものを顔に近づけた。たしかに良い香りがする。

「これ薫物でしょ？」

薫物は、さまざまな香料を粉末にして蜂蜜や梅の果肉で練り合わせた練香のことだった。香料を粉にするときに乱雑では香りがうまく立たず、やりすぎれば香りが消える。練り上げる途中でも香りが失われることもあり、熟練した腕前と適切な調合比率が要求された。薫物のなかでも代表的な六種――すなわち春の梅花、夏の荷葉、秋の侍従、秋冬の菊花と落葉、冬や慶事の黒方――の基本的な調合は確立されつつあったが、そこからさらに、若干香料を組み合わせたりして各人が独特の香りを持っているのが宮中のたしなみだった。

「……っ‼」

途端に匡親が厳しい表情になった。

「それも、蓮の花に似ているという荷葉。夏に使う薫物。この前の匡親さまと同じような香りがしますもの」

若狭が小首をかしげた。

「あら？　でもどうして荷葉？　まだ更衣前ですから春なのに」

と言うと、すると匡親が乱暴に手を伸ばしてきた。

「それを返せっ」

「きゃああ」吉備が再びしりもちをついた。「何するんですかっ」

「すまぬな」

口では謝っていたが匡親は吉備から薫物をひったくっている。彼は奪った物をそのまま懐に入れて、「怪我はないな。ならば、これにて」と足早に立ち去ろうとしたときだった。

「お待ちください」

顔に怒りの色をにじませて、吉備が立ち上がった。

「いまのは俺が悪かった。すまぬ。だが、少々急いでいてな」

と歩き出した匡親の青色の衣裳を、吉備が摑んだ。

「き、吉備⁉」と若狭の声がひっくり返っている。「男の方の衣裳を摑むなんて」

摑まれている匡親まで赤面していた。

このような振る舞いは契りを交わした翌朝の後朝のしきたりにもない。

けれども、吉備は真剣だった。

「待ってください、と言ってるんですっ」

「何なんだ、おぬしは」

「その薫物、どこから持ってきたのですかっ」

「……っ」匡親の動きが止まった。「どこからも何も、俺の邸からに決まっているではないか」

「本当ですか」

「……ああ」

と答えているものの、匡親が目をそらしている。

「私の目を見て答えてくださいっ」と匡親の顔の前に回り込む吉備。

「な、何だ」匡親はなぜか真っ赤になっていた。

「最近、薫物の在庫の出入りが合わないことがあると、内侍司の上役の中納言が言っていたのです」

匡親の頰が軽く震える。

「俺を疑っているのか?」

「本当に匡親さまのお邸から持ってきたとして、蔵人のお勤めにどうして必要なのですか?」

「くだらん。蔵人の勤めにはいろいろあるんだよ」

主上回りの秘密の内容だ、と匡親が煙(けむ)に巻こうとした。

だが、匡親はまだまだ理解していなかった。

数が絡んだときの吉備の情熱を――。

吉備の夜空のような瞳が燃え上がった。

「おろそかなり！」

びしりと言いつけ、懐に差していた衵扇を閉じたまま匡親に突きつけるようにした。

「お、おろそかなり、だと？」

「数の扱い、たとえ一でもおろそかにしてはなりません。螻蟻(ろうぎ)堤を潰(つい)やす――螻蛄(おけら)や蟻(あり)が掘った小さな穴でもいずれは大きな堤防を崩してしまいかねないのです」

「そんな言葉くらい知っている」

「蔵人のお勤めとおっしゃいましたが、昨日も薫物の香りをさせていたのはなぜですか」

「おぬし、なぜそれを」

「昨日はぶつかりませんでしたけど、やはりこの辺りですれ違ったではありませんか」

「…………」

「そう。この辺りです」と、吉備は手にした衵扇で彼の背後――その向こうにある間を指した。「あそこには薫香に関する材料、いろいろな薫物が在庫されています。匡親さまと遭遇するのがいつもあの辺りなのは偶然なのですか？」

「――偶然だ」

強引すぎる匡親の言葉に、吉備はますます柳眉を逆立てる。

「それは調べてみればわかることです」

匡親の表情に怒りが強く差す。

「調べるだと？」

吉備は腰に手を当てた。

「いま内裏にあるすべての薫物の在庫を調べます」

すると、匡親が眉をひそめる。

「おぬし、一体どれだけの数の薫物が内裏にあると思っているんだ。後宮は広い。また後宮を含む内裏はもっと広い。主上と皇族たち、さらに后たち、その女房、そのまたさらには女官たち全員が着物に薫香をつけるために相当の在庫があるだろう」

「薫物の在庫にお詳しいのですね」

「うるさい」と匡親がにらんだ。怖くないけど。

「ご安心ください。数えますから」

「だからどうやって」

匡親の堂々巡りな話が、かえっておかしくなってきた。

「普通に数えるんですよ」

と吉備が平然と答えると、これまで成り行きを見守っていた若狭が目を丸くする。

「そんなことしたら、何日あっても足りないかもしれません」

「大丈夫よ」と若狭に吉備が答えた。「何となく話がずれそうになっていたけど、数えなければいけないのは薫物すべてだけど、その薫物は一種類に絞り込めるでしょ?」

「あ」と若狭が口に手を当てた。

「荷葉の香りが、一昨日も昨日も今日もしていて、ここには荷葉があるのだから調べるのは荷葉だけでいい」

「もし荷葉の数が足りなくなっていたら……」

「それは誰かが盗んだ可能性があります」

吉備が指摘すると、匡親がしらけたような表情になった。

「変な言いがかりはよしてもらおうか。だいたい――」

そのときだった。やや低めだが匂うような男ぶりのよい声がした。

「ずいぶんと賑やかな話し声がすると思って来てみたら、匡親ですか」

と、簀子を曲がってきた男が言った。男は匡親と同年代に見えた。色白で、まるで物語の中から抜け出してきたような美男子だ。整った眉、涼しげな切れ長の目をしている。頬は薄く、鼻筋は通り、唇は桃色。男らしい顔の輪郭や身につけている青色の衣裳――というこの男も蔵人らしい――との調和はまさにめでたいとしか言いようのないすばらしさだった。仮に御仏（みほとけ）や菩薩がこの地上に現れたとしたら、このような姿になるのではないかと思うほど、どこか神々しい雰囲気さえあった。同時に、その瞳の奥にはどことなく天衣無縫で天真爛漫（らんまん）な気配が感じられるのがまた不思議な魅力である。見るからに育ちの良い貴族の子弟というたたずまいだった。

「申し訳ございません。み——」

　と匡親が何か言おうとするのを、その色白の蔵人は手を上げて止めた。

「はじめまして。私は藤原惟家（これいえ）と申します。そこの匡親と同じく蔵人を拝命しています」

とその蔵人、惟家は吉備たちに軽く頭を下げた。

「ど、どうも」突然の美形に、吉備が固まる。

「まことに不躾（ぶしつけ）ながら、向こうの殿舎からも匡親とあなたの会話がまる聞こえでしたもので、聞くとはなしに聞かせていただきました」

　さらさらと春の小川のように心地よい声が流れてゆく。

　とはいえ、別の殿舎にまで声が聞こえていたとは……。さすがに吉備の頬が熱くなった。

匡親も「失礼しました」と顔を赤くしている。

　惟家は見るもの誰をも魅了するような笑みで、

「何か匡親が疑われている様子でしたが」

　緊張してしまった吉備を若狭がつついた。若狭も顔から火が出そうになっていて、それが精一杯のようだった。

　吉備が咳払い(せきばら)をする。

「疑っているというか……盗まれたかどうかという前に、まずは薫物、それも荷葉の数が足りているのかを確認しなければいけません」

「ほう？」と惟家が目を細めた。

「荷葉の数が足りていなかったとしたら、それは誰かが盗んだ可能性があるという話をちょうどしていたところです」

「俺は盗みなどしていない。——ほんとうです。信じてください」

と匡親が言う。後半は惟家への言葉だった。どうやら惟家のほうが〝上〟らしい。

「私は匡親さまが盗んだとは一言も言っていません」

　吉備が怪訝(けげん)そうな顔になる。

「え？」と匡親。

「荷葉の薫物の在庫が足りなくなった。匡親さまが荷葉を持っていた。状況として誰かが盗んだ可能性は高い、とはなるけれども、このふたつがそのままつながりはしませんから」

「そうなの？」と若狭が確認するように言った。

「それはそうよ」と吉備が明るく笑う。「そうでなかったら、荷葉の在庫がおかしいたびに、荷葉をたまたま持っていた人――いまなら匡親さま――が、盗みの犯人にされてしまうでしょ？」

若狭がぽかんとしていた。匡親も同じような顔だ。

ただひとり、惟家だけが笑っている。

「なるほど。たしかにそのふたつは因果の関係にはならない。あなたは、算術のようなものの考え方ができるのですね」

今度は吉備が目を丸くする番だった。

「惟家さまも算術に明るいのですか」

「人並み程度ですよ」

これは謙遜だろう。貴族たるもの、九九くらいは言えるものとされているが、何となく算術に詳しそうな匂いがする……。

吉備がそんなことを考えている間に、惟家は匡親が持っていた薫物をあらためていた。

たしかに荷葉だな、と惟家が吉備にその薫物を渡す。

「はい。蓮のようなよい香り。荷葉ですね」

と答えながら、吉備はわずかに表情を曇らせた。

「どうかしましたか」と惟家。

「いえ……ちょっと」吉備が鼻を啜る。「みんなで触っていたからでしょうか。少し香りが薄くなってしまったように感じたので」

　普通は懐紙などに入れておくものだった。

「俺の私物なのだ。あまり触らないでくれ」

と匡親が薫物を取り返した。惟家が苦笑している。

「あなたは先ほどこの薫物を数えようとおっしゃっていましたね」

「はい」

「では一緒に数えてみましょう」

よろしいですかと確認する惟家。吉備と若狭は驚いて互いに顔を見た。


　薫香は、それぞれの香料を練り上げて薫物にしたものを火にくべ、香りを立ち上げて衣裳に染み込ませることをいう。基本となる香りが六種があるのは先に述べた。いまの時期なら春の基本は梅花だが、それを焚いただけではおもしろくない。ほかの五種をわずかに加えたり、梅花の原料に当たる香料をごく少量そっと添えたり、逆に梅花の調合から特定の香料を外したりして細かく香りを作っていく。

　そうして自分だけの薫香を創作するのは、貴族たちにとっての教養のひとつであると同時に、珍しい香りを入手できるという財力の象徴でもあった。

　薫物は貴重である。

たとえば薫物の材料となる香料のなかで有名なもののひとつに白檀(びゃくだん)がある。植物だ。白檀は独特の甘く高貴で濃厚な香りがするが、そのような香りを放つまで五十年以上の歳月を要する。大量に使わないものの、白檀がなければやはり香りが締まらないことも多く、薫物には欠かせない香料のひとつでもあった。
后たちが自分のぶんを別に用意することもあるが、主上や皇族たち、住み込みの女房女官のぶんは公的にまかなわれている。

薫物をしまってある間に入ると、さまざまな香りが一斉にのしかかってくるようだった。

「この場所は初めて来ましたが……すごいですね」と若狭が途方にくれたような表情している。「これ結構ありますよ」

立ち会いも兼ねて同行してもらった中納言が、早くも悲しげな表情になっている。
厨子棚(ずしだな)や二階棚に蓋のない浅い箱がいくつも並べられている。香箱だった。香箱は縦二尺五寸、横一尺五寸程度の物が多い。その上に香壺(こうご)が四つか五つ置かれ、心葉と呼ばれる紗(しゃ)がかけられていた。

この香壺のなかに薫物があるのだった。
間の奥には沈(じん)や白檀、麝香(じゃこう)などという香の原材料があり、練り合わせるための道具も置かれている。

「結構あるけど、数えるのは荷葉だけだからそんなにはないと思うのだけど……」

吉備が平然と返事をした。

「主上はもちろん、大勢が毎日の衣裳を整える習慣としてだけではなく、行事のたびに入念に香を焚くのだからかなりの量はありますよ」と、ついてきた中納言が眉を八の字にしている。かわいそうに、気の弱い中納言は匡親とのやりとりを聞いて卒倒しそうになり、それでもがんばって手伝いに来てくれていた。

吉備が帳簿を見ながら、「荷葉だけで……五八三となっている」と確認した。

「なかなかな数ですね」

若狭が顔をしかめた。

匡親と惟家が手を出そうとしたが、吉備が止める。

「おふたりは見ているだけで結構です。こういうのは人数が少ないほうが間違いも少ないのです」

男たちが顔を見合わせている。中納言が「すみません。でもほんとうなんです」と頭を下げていた。匡親はそっぽを向き、惟家は楽しそうに笑いながらうなずいていた。

さて、と吉備が唇を引き結ぶ。

「五八三の荷葉が一カ所にまとまっていればまだいいのだけど」

「いくつかの棚にわかれていますね」と若狭。

「それぞれの棚にわかれているものをひとつずつ数え上げ、計算し直さなければならないでしょうね」

「やはり、大人数で一斉にやったほうがよいのではないですか?」と若狭が手近な棚に置かれた荷葉の壺の蓋を取った。「ここには……一、二、三、四……十三? いや十四?」

ころころ転がる薫物は数えにくい。

さらには小さな壺の中のため、暗く、見えにくいのだ。

若狭の隣にいた吉備はなぜか不意に目尻に涙を浮かべた。若狭が心配そうにこちらを見ている。

「吉備、もしかして……涙が出るほどつらいのですか。やめたほうがいいのではないかしら。それとも内侍司の応援を呼んでこようか」

すると吉備は目を閉じたまま軽く顎を上げて、涙を堪えた。

しばらくそうしていたが、唇を震わせながらこうつぶやいた——。

「ああ……。いまこそ算木の出番。算術の出番です」

「何ですって?」

と若狭が聞き返したが吉備はそれには答えず、手当たり次第に棚から薫物を出し始めた。

中身を確かめ、薫物を入れ物の左端に寄せて、右端に弾きながら手早く数を数える。

それが終わると棚に戻し、別の棚に取りかかった。

数をどこかに書きつけておくこともしない。

その代わり、数えた棚のそばの床に、赤色の算木を縦横に並べていた。

「これは……?」と若狭が触れようとするのを、吉備が止める。

「触っちゃダメ。いま数えたものを算木で表しているから」

「……いつも算木を持ち歩いているの?」

「乙女のたしなみとして当然です」

「はあ……」

若狭には赤い木を縦横に並べたようにしか見えないだろう。

いまちょうど数え終わった棚の下には、算木が左右二組置かれていた。

右側は縦に三本と横に一本。左側は横に二本である。

「私がいま数えた壺の中には、二十八」

算木は右から順に、一の位、十の位、百の位、千の位……と並べていく。

それぞれの位に並べる算木にも約束があった。

「一」は算木を縦に一本。

「二」は算木を縦に二本。

「三」「四」も算木を縦に三本、四本と置いていく。

「五」も縦に五本の算木を並べるのだが、その次に表し方が変わる。

「六」は「五」と「一」にわけて考える。そのうち「五」のほうは算木を横に一本置いた。「一」ははじめと同じく縦に一本である。

つまり、「六」は横になった算木一本にさらに縦の算木を一本添える形で表現された。

「七」は横の算木一本に縦の算木が二本つく。

「八」は横の算木一本に縦の算木が三本。

「九」は横の算木一本に縦の算木が四本となるが、「十」でまた表し方が変わる。

「十」は「五」がふたつ。なので横の算木一本に縦の算木五本、あるいは横の算木二本、になりそうなものだが、表し方がふたとおり考えられるのは厄介だ。

そこで「位」が変わる。

「十」は、いままで並べていた算木の左側に、算木を一本置く。これで「十の位」に算木が一本だから「十」となった。

ただし、このとき、算木の向きは縦ではなく、横になる。

「一の位と十の位で算木の向きが変わるのはどうして？」

と若狭が尋ねる。

「位が違うというのをわかりやすくするため」と吉備が教えた。「『一は縦、十は横、百は立ち、千は倒れる』と言って、一の位は最初、縦に算木を並べていく。縦式というの。十は横だから十、二十、三十、四十、五十と横に並べていく。これは横式」

「なるほど」と若狭が先ほど吉備が二十八と読んだ算木を見つめる。「まず右側が一の位で、縦に三本と横に一本だから『八』。その隣が十の位で、横に二本だから『二十』なのね」

「そう」

だから「二十八」になるのだった。

「さっきの話だと、百の位はまた、一本目の並べ方は縦向きに戻るの？」

「そう！」と吉備が手を打ってうれしげにする。「若狭、天才！　算術の才能があるよ！　一緒に算術しよ？」

いやー、と若狭が苦笑すると、惟家が「算術への誘いは後回しにしてくれ」とやんわりとたしなめた。

はい、と少しだけ悲しい気持ちで吉備が作業を続ける。せっかくの勧誘の機会だったのに……。

「それにしてもよい香りですね。さすが宮中で使う荷葉」と若狭が話題を変える。

「うん。この辺りのなんかは特によい香り」と吉備が指さす。

「どれどれ。……ああ、ほんとう。これは主上回りで使う香壺ですね」

「さすがね」

棚の場所はそれぞれがばらばらなのだが、とにかく薫物を数えてはその下に赤い算木を置いていった。

「なるほど。こうやってすべての香壺の荷葉の数を算木で置き換えるのか」と惟家が顎に手を当てて感心している。

「何でそんな面倒なことをするのですか」と匡親。

「算木になれば、あとで計算がたやすい。数え間違いも少なくなるし、香壺のなかにあった薫物が交じることもない。何よりも薫物を手で触る時間が短くなるから、香りが落ちて損なわれることもない」

「へえ……」

匡親が感心しているうちに作業は進んでいった。

吉備は薫物を数え、すべて算木で表し終わろうとしていた。

「あ、ここ、十ぴったりです。一の位が何もなくなってしまいますけど」と中納言が吉備の判断を仰ぐ。

「それでもいいです。縦か横かで一の位と十の位の区別はつきますし、いまのところ百以上の数もないようですから」

「そうですか」

と言ったものの、心配性の中納言は表情を曇らせたままだった。

「だったら、零個のところには碁石をひとつ置いておきましょうか」

「あ、それ、わかりやすくていいと思います」

向こうで恐る恐る香壺に手を伸ばしている若狭が、蓋を取って陶然とする。

「どれもこれもいい香りですね」

「いやしくも宮中で使う物ですからね。一応、香壺で主上のための物、皇族方のための物、女房たちの物とわけてはいますが、どれも質の良い物をそろえています」

と中納言が説明した。

もし万が一、何らかの事情で主上や皇族方の使うぶんが足りなくなった場合には、女房たちのぶんを回すこともあり得るからだ。もちろん、そのままでは使わず、さらに手を加えはするが……。

これは薫物に限らず、絹や紙などを含め、あらゆる品について言えた。

すべて数え終わった吉備は「今度はこれを足していくの」と宣言する。

「足していく?」と若狭が首をひねる。

吉備は縦式の算木、つまり一の位の算木同士を寄せ集め始めた。もちろん、算木の向きは変えない。

「七」を表す算木と「六」を表す算木が集められると、横向きの算木が二本、縦の算木が三本になる。

横向きの算木二本は「五」と「五」で「十」になるから、隣の十の位に横向きで一本残す。縦三本の算木はそのまま。これで「七」足す「六」の和の「十三」が表された。

同じように、次の棚の一の位を取り込んでいく。

それが終わったら、十の位の算木を数え、「十」が十個、つまり「百」になったら、十の位の左、百の位の場所に算木を一本置く。「百は立ち」だから再び縦から始まる。

吉備が算木を操る動きを見て、若狭が呆然とつぶやいた。

「きれいな動き……」

「まるで舞のようだ」と匡親も見とれている。

吉備はただただ無心に算木を操っていた。

数え、並べ、整えていく。

吉備の手がひるがえるたびに算木は集まり、縦横を並べ替えられ、新しい秩序を与えられて置かれる。

吉備の手がひらめいて赤い唐衣の袖が動くと共に位の数が増えたり減ったりするさまは、まるで算木自身が生き物として伸びやかに活動しているようだった。

「美しい」とつぶやく惟家の声は、夢中になっている吉備には届かない。

管弦か舞か、はたまた陰陽師(おんみょうじ)の占(せん)か神楽(かぐら)か。

いつまでも見ていたい、優雅なひとときだった。

「——できました」

吉備の声に、みなが現実に戻ってくる。誰かが、「ああ」とうなっていた。

頬を熱く火照らせて吉備が荷葉の数の合計を告げる。

「五八五です」

その答えに、真っ先に反応したのは中納言だった。

「数が合いません。帳簿の数より……二個多い」

「数え間違え、はないですよね。匡親さまや惟家さまに見ていてもらいましたから」

「そうだな」と匡親が険しげな顔で腕を組む。

「では、吉備の計算間違え、とかは……」と中納言が言葉を濁す。

算術には絶対の自信がある、と吉備が訴えようとする前に、惟家の声が飛んだ。

「それはない」

あまりにもきっぱりと言い切られ、中納言が怯む。

「え……」

「先ほどの算木の扱い、私もじっと見ていたが、吉備どのの動きに間違いはなかった」

「となると……」と若狭がおずおずと口を挟む。「この帳簿のほうが間違っていた、ということでしょうか」

中納言が嘆きのため息をついた。

「そういうことになります。ああ、何てこと。前回数えた女官はすでに国司になった夫とともに地方へ行ってしまったし」中納言は頭を抱えながらも、吉備への言葉は忘れなかった。「あなたの算術、とてもすばらしかったですよ。たとえ一瞬でもあなたの算術を疑おうとしたのを許してください」

「そ、そんな……」と吉備は大いに照れながらも、つけ加える。「数が合わないことは大問題です」

すると匡親がやれやれとばかりに組んでいた腕を解いた。

「たしかに大問題だろうが、それはそっちでやってくれ。とにかく言ったであろう？　薫物など盗んでいない、と」

「どうやらそのようだな」と惟家もうなずいている。「数が少ないならともかく、数が多いとなると盗んだとは思えない」

お騒がせしました、と若狭は早々に頭を下げていた。その横で、中納言も何度も頭を下げている。

しかし、吉備だけが納得のいかない顔をしている。

「どうしましたか。まだ何か引っかかるのですか」と惟家が尋ねる。

引っかかります、と吉備が返事をする。

「匡親さまが荷葉の薫物を持っていたのが今日だけでしたら、何も感じなかったかもしれません。けれども、更衣前のいまはまだ春なのに、匡親さまは夏の香である荷葉の香りをさせていた。三日連続です」

匡親が面倒くさそうに顔をしかめた。「荷葉の香りをさせていたなど、おぬしの勘違いだろう」

吉備は匡親に反論する。

「いままでそんな指摘はしなかったですよね？　しかも三日ともこのそばを通っている」

そこまで言って、吉備は今度は惟家に向き直った。「この辺りにそんなにも蔵人のお役目があるのでしょうか」

惟家が苦笑した。

「おそらくないでしょうね。私がこちらに顔を出したのも、匡親の声が聞こえたから。普段であれば、薫物がある辺りには蔵人の仕事はありません」

ありがとうございます、と頭を下げて、吉備は匡親に向き直る。

「上役の惟家さまはこうおっしゃっていますが、どうでしょうか」

「………」匡親が黙していた。

そのときだった。

吉備は小さく手を叩く。「おろそかなり——私」

何かに気づいたらしい吉備が、棚を巡り、いくつかの荷葉の香りを嗅ぎ始めた。

「おいおい。今度は何を始めたんだ」

匡親が吉備に声をかける。

「やっぱり荷葉……それは間違いない」と吉備が独り言のように言う。「しかしこの香壺の薫物は何かがおかしい」

「何かがおかしい？」

と惟家が口を挟んできた。

すると、吉備は残念そうな顔になった。

「何がおかしいかまではわからないのです。私それほど香りには強くないので。でも、何かがおかしい気がするんです」

と吉備が繰り返す。

「どの辺におかしさを感じるのですか」

吉備はふたつの薫物を懐紙に取って嗅ぎ比べていた。ひとつは主上向けの棚のもの。もうひとつは後宮の住み込みの女房たちのためのものである。

「……強いて言えば、主上がお使いになられる荷葉のほうは香りが強い感じなんです」

匡親が惟家に声をかけた。

「惟家さま。もうこの辺でいいでしょう。女官の言うことにこれ以上つき合っていてはこちらの仕事も滞ってしまいます」

しかし、惟家は匡親の顔をちらりと見て小さく笑うと、吉備が気にしているふたつの荷葉を、片方ずつ深く息を吸い込んで、香りを比べ始めた。匡親の表情がかすかに青ざめるのがわかった。

香りを比べていた惟家は薫物だけではなく、収められていた壺の内側も確かめている。

やがて、それらを吉備に戻すと簀子へ出て新鮮な空気をしばらく胸いっぱい吸った。

「薫物の香りを嗅ぎすぎて、どうも鼻がおかしくなってきたよ」

案外この人物は気ままな方だなと、自分のことは棚に上げて吉備は思った。

「それより何かわかったのですか」

惟家は薫物を保管してある場所とは別の手近な局に、吉備たち女官と匡親を連れていった。吉備にはふたつの薫物をしまってあった壺ごと持ってくるように言いつける。

惟家が話を始めた。

「棚にあった荷葉の薫物は五八五。しかし、吉備どのが違和感を覚えたものがあった。そして私は、その違和感には理由があったと思う」

「え？　ほんとうですか」と吉備が食いつく。

惟家がうなずいた。

「おぬしは言っていたではないですか。『主上がお使いになられる荷葉のほうは香りが強い感じ』だと」

「はい」

「けれども、中納言どのはこう言っておられた。『一応、香壺で主上のための物、皇族方のための物、女房たちの物とわけてはいますが、どれも質の良い物をそろえています』と」

「あ」

惟家が指摘したふたつの事柄には若干の矛盾がある……。

すると、彼は吉備が持ってきた壺を指さした。

「長い間、薫物をしまっておいた壺にはその香りが移る。吉備どの。主上のための荷葉、薫物と壺で香りを比べてみなさい」

荷葉と壺をわけ、吉備はそれぞれの香りを確かめる。

「あ」と吉備が目を丸くする。「香りがずいぶん違う感じがします」

「では次に、ほかの壺で同じことをしてみなさい」

言われたとおりに、並の女房たち向けの荷葉で試してみる。

「あ……。こちらは壺と薫物の香りに差を感じません」

「ところでどちらの荷葉の香りがすばらしかったですか」

「好みにもよると思いますが……私は主上のための荷葉のほうがすぐれているように思いました」

「これが答えです」と主上向けの薫物を壺ごと受け取って一同を見回した。

吉備の眉が動く。彼女は手を小さく叩いた。

「主上向けの薫物を備えのある薫物よりも上質の物にすり替えていたのですね？」

「ええっ⁉」と中納言が驚きの声を上げた。

「何のためにですか」と若狭。

惟家は黙っている。

「何のためかは……たぶん匡親さまがいちばんわかっているんだと思います」

「――なぜ俺なんだ」

と匡親は言い返したが、その声には先ほどまでの強さがなかった。

「だってその荷葉をすり替えたのは匡親さまだと思うから」

「どうして？　荷葉はより上質の物になっていたのだろ？　質の悪いものとすり替えるな

ら俺の利益になるが、質の良い物を用意するなんて自腹を切って何の意味がある」

「それです」と吉備が指摘する。「匡親さまは最初にお会いしたとき、こんなことおっしゃっていましたよね。内侍司には自分の叔母が出仕している、と」

「………」

「こうも言っていましたよね。春になると叔母さまの鼻の具合があまり良くない、と」

「……それがどうした」

「匡親さまの叔母さまは、内侍司のなかで主上や后回りの衣裳の薫香の管理をしている加賀典侍さまですね？」

「………」

「そうであれば、今回の件の理由がぜんぶはっきりします」

「……ちっ」

「主上のための荷葉と壺で香りの質が違っていました。こう言い換えたらどうでしょう。ほかの荷葉、壺はやや香りがあせていた。主上のための荷葉だけ強く香った。まるで真新しい薫物のように。そしてそのように薫物を入れ替えたのは――匡親さま」

吉備の指摘に匡親は目をそらす。惟家が匡親の肩を叩いた。

「私も同じことを考えています。これは罪に問われる内容ではないはず。そろそろ話してみませんか」

何度か視線をさまよわせて、やっと決意できたのか、匡親がこちらを向いた。

「そうだ。主上のための荷葉を新しい上質の物に入れ替えたのは俺だ」

「……っ」女官たちは声にならぬ声を上げる。

「知ってのとおり、薫物の作成には微妙繊細な腕が求められる。一度に大量には作れなくてな。何度かにわけて入れ替えていたのだが……最後の今日にバレてしまうとは」

「何度かにわけてとなると、よく古い物と新しい物が交じりませんでしたね」

と吉備が妙なところに感心している。

「古い物にはあらかじめ爪で印をつけていた。どのみち、ぜんぶ処分してしまうつもりだったからな」

「どうしてそんなことをしたのですか」

「……おぬしが指摘したとおりだ。叔母の加賀典侍は内侍司として主上や皇族の方々の衣裳の薫香の管理をしている。けれども昨年ぐらいから歳のせいか春先になると鼻の調子がよくなくて。——それで昨年は東宮さまの薫香がまったく凡庸な香りになってしまった」

するとは中納言が悲鳴に似た声を上げた。

「ああ、覚えています。あのときの加賀典侍の真っ青な顔。魂が消えてしまうのではないかと心配したほどでした……。そうでしたか。加賀典侍があなたの叔母さま」

匡親が小さく笑って続けた。

「俺はそれが気になってな。だから叔母に気をつけていたのだが、やはり最近鼻の調子が良くないと言い始めた。それで俺は先回りして薫物を――去年叔母が失敗した荷葉を確認した。すると主上のための荷葉の半分くらいがやや古くなって、香りが飛んでしまっている気がした……」

「おぬしの叔母、加賀典侍どのはそれに気づいていなかったのですね？」

と惟家が穏やかに確認した。匡親が小さく鼻を啜る。

「それとなく何度か話したのですけどね。これまでの自信なのか、以前の失敗が心の傷になっているからなのか、甥っ子の俺の言うことなんて笑って相手にしてもらえませんでした」

だが、もう一度同じ過ちを繰り返してしまえば、加賀典侍は後宮に居場所がなくなるだろう。もう年だから引退してもいいのかもしれないが、匡親は誇りをもって取り組んでいた薫香の仕事での失敗が原因で後宮を去る叔母の姿を見たくなかったのだ。

「それであなたは、叔母さまが気づかないように薫物をすり替えていたのですね」

「そうだ。主上の衣裳に使われる可能性が高い以上、中途半端な物は使えない。おぬしや惟家さまが言ったとおり、なるべく上質の物を――俺にできる最上の物を用意した」

「古い薫物はどうなさったのですか」

匡親が自嘲する笑みを小さく浮かべた。

「俺が持っていてもしょうがないが、売りさばくわけにもいかない。一度は主上のためにと用意されたものだからな。俺の邸で保管してあるよ」

しばらく考えて吉備は、意見を述べる。

「それでもやはり匡親さまが宮中の備えを勝手に持ち出した事実に変わりはありません。これはきちんと蔵人所と蔵人頭に報告をし、しかるべき対処してもらうべきだと思います」

「それは、もちろん……」と匡親が言いかけると、惟家がそれに反対の意を表明した。

「これは私から蔵人頭のほうに内々に報告する形で穏便に済ませたいのですが、許してもらえないでしょうか」

「なぜですか」と吉備。

「たしかに匡親は宮中の備えを持ち出しています。それも主上のための薫物という重要な品です。だから、それについて処罰されるなら、そうかもしれません。けれども、持ち出したのはあくまでも古くなった薫物だけ。むしろその代わりにこの男は新しくて質の良い薫物を中に収めている」

「まあ、そうですね」

「何よりも、悪意があってしたことではない。自らの叔母の勤めが万全であるように、ひいては主上に最高の物を差し出したいと願ってこのようなことをしたのです。その辺を配慮して許してはいただけませんでしょうか」

「惟家さま……」と匡親が目にうっすらと涙をためている。若狭と中納言も何度もうなずいていた。

しかし、私は反対です、と吉備が言った。

「結果として損害は発生していません。けれども、こういうことはきちっとしておきませんと」

「ふむ……」

「逆に悪意を持って安い薫物にすり替え、主上の薫物を売って儲(もう)けようなんていう輩(やから)が出てきたら」

「そのときは、まさしく大事として糾弾すべきでしょう。けれども、考えてみてください。今回の件で匡親は宮中に何か害を与えましたか」

「それは……」

「それどころか、高級な荷葉を自分で手に入れてきた匡親だけが、財としての被害を被っています。それに加えて懲罰を加えるのは、どうも厳しすぎるように思うのですが、いかがでしょうか」

そう言って惟家が物語の貴人そのままの笑みと所作で頭を下げた。

吉備はため息をついた。

「もともとあった薫物はお邸にあるのですね」

「ああ。捨てるに捨てられず、人にやるにやれず、売るに売れない。薫物の秘密とともにあの世まで持っていくつもりだった」

吉備がじっと見つめるが、匡親は今度は視線をそらさなかった。

「今回だけは、そうしましょうか」

ほんとうは捨ててしまったかもしれないし、誰かにやってしまったかもしれないし、こっそり売りさばいてしまったかもしれない。けれども、それについては調べようがない。吉備の算術は千里眼ではないのだ。それに惟家のような美男に頭を下げさせるのが願いでもないし……。

「このことについては私たち内侍司も十分な反省とします。これからは薫物のあるところには厳重に鍵をしますし、もし今回のようなことがあればきちんと話を通してください」

と中納言が申し訳なさそうに、けれども言うべきことはしっかりと言っている。

「そうですね。叔母さまの気持ちを慮(おもんぱか)ってのことだと思いますけれども、黙ってこっそりやられるほうが問題なのです」と吉備。

「それは……そうだな。俺が悪かった」

とあらためて匡親が謝罪すると惟家が大きく息を吐いた。

「中納言どの。若狭どの。何より吉備どの。このたびのこと、恩に着ます。ありがとうございます」

惟家からダメ押しのように丁重に頭を下げられて、中納言と若狭はおろおろとしている。吉備だけがまだ若干憮然とした表情をあらためきれていない。

「まだ不服そうですね」と惟家が言うと、吉備が「まあ」と曖昧に答えた。

「そういえば先ほどあなたは算木を自由自在に操っていましたね。算術がお好きなのですか」と惟家が話題を変える。

話題を変えられたのはわかったのだが、算術となれば乗らないわけにはいかない。

「ええ！　もちろんです！」そんなつもりがないのに声が高くなった。「何がすてきと言って、算術には必ず答えが出ることです。ひとつの答え。ひとつの数。そこにすべてが帰っていくのです」

「なるほど」と惟家が興味深げにうなずいてみせる。「けれども、世の中には場合によっては答えがひとつとは限らないこともあるものです」

「ええ。存じています」と吉備は挑戦的に続けた。「だから私、出仕なんてイヤだったのです」

横で若狭と中納言の顔色が真っ青になっていく音が聞こえるようだった。

けれども、惟家は朗らかに笑って聞き流す。

「ははは。そこまで言うとは。算術はあなたにとって運命の出会いだったのですね」

「はい。昔のことです。五月雨の日に、ある方から教えていただいたのです」

するとと惟家が庭に目をやり、何かを懐かしむような表情になった。

「小さい頃の思い出というのはいいものです。世界はまだ小さくて簡単で、答えがひとつに決まっていたものです」

「はい」

「けれども、人の生きていく世の中は、押したり引いたり我慢したり目をつぶったり許してもらったり、そういうことがどうしても必要になってきます」

「…………」

吉備は黙っていた。匡親の件だけでは済まない何かを嗅ぎ取った感じがしたのだ。

「あなたの算術は大したものです。算木の使い方も。おそらく内侍司にあなたのような人が入ったのは、とてもすばらしいことだと思います。――中納言どの、大切にしてあげてください」

そう言うと惟家が立ち上がった。匡親も続く。局を出ていくふたりを見送りながら、何の脈絡もなく、ふとさわやかな薫香――蓮の花とは違う何か――が思い出された。

けれども、吉備にはそれが何なのかわからないでいる。

現実に漂ってきた香りではなかったからだった。

第二章

主上と女御の想いを算術で透かして見れば

四月一日の更衣が無事に済んだ。この日を境に、暦の上では夏の始まりとなる。そのため、宮中のあちこちのしつらいもさわやかな色合いが多くなっている。もちろん、見た目だけではなく、嗅覚——衣裳に焚きしめられた香りもさわやかで澄んだものに変わり、内裏の殿舎そのものが更衣をしたようだった。

雀の声まで昨日と違って夏めいて聞こえるから不思議だった。

「四月は、忙しいらしいよ？」

と更衣の終わった夜、若狭が吉備ににやりと笑った。

「そんなに忙しいの？」

「まあ、一月ほどではないけれども、賑やかで楽しい行事があるから」

一日の更衣のあとは、八日には灌仏会がある。

仏生会ともいい、釈尊生誕を祝う法会を行う。灌仏台に荘厳された誕生仏——釈尊生誕の折に、天地を指さして「天上天下唯我独尊」との言葉を発したとの言い伝えのときの生まれたばかりの乳児姿の仏像——に甘茶を注いで供養するとともに国家安泰を祈るのである。

中の酉の日には賀茂祭がある。この時代に単に「祭り」といえば、この賀茂祭を指す。言ってみれば祭りのなかの祭りだった。

もともとは賀茂大社の祭りなのだが、大宝律令の頃の記録にはまだ見られない。時代がやや下がって、いまから五百数十年前に、凶作による飢饉と疫病の流行に対して欽明帝が勅使を遣わして祭礼を行ったのが起源とされる。すなわち、風雨の害を卜部伊吉若日子が賀茂の神々の祟りと占ったため、四月吉日に祭礼を行ったのである。馬に鈴をかけて走らせ、駆競をしたところ五穀豊穣の豊年を迎えたことから、賀茂祭において走り馬という行事が行われるようになったという。百七十年ほど前の弘仁十年にはもっとも大事な祭祀に準じて行うと定められたのである。

「祭りは楽しみだね」

と吉備が無邪気に微笑んだ。

「大変らしいけどね。何しろ内侍司のなかでも私たちみたいな辺りは、後宮の何でも屋さんだから」

后たちの祭りのための諸々の準備は実家である藤原家がだいたいは用意するが、どうしても抜けが出る。そのときには内侍司のなかで主上に近侍していない者たちも動くのだった。

はああ、とまだ実際に内侍司として祭りを体験していない吉備は曖昧にうなずく。もっとも、その警告をしている若狭も吉備の数カ月前に出仕しているのだから、内侍司として祭りを経験してはいないのだが……。

当日は祭りの行列の男たちの冠だけではなく、見物する貴族たちがこぞって着飾る。牛車から覗く出衣はなかの女性たちの高貴さや優美さを連想させるし、桟敷のすだれなどまで丁寧に飾る。それらが初夏の日の光を浴びて輝くばかりに人々を魅了するのだった。

そのような大きな行事がある四月だが、それ以外の通常の生活もある。

人がいる以上は生活があり、生活があるなら物の動きがある。

飯は食わねばならないし、衣裳も身につけなければならない。壊れるものも出てくれば、交換しなければならないものも出てくる。

先日の荷葉の薫物の件以降、吉備は中納言から正式に内侍司の役目の中でも、さまざまなものの数を管理する務めを担うよう言いつけられた。

「お任せください！　布一枚どころか、ごま一粒までも漏らさず数え尽くします」

吉備、大はしゃぎである。

そのはしゃぎようが、心配性の中納言はかえって不安になったようで、若狭も同じ役目を担うことになった。吉備ひとりでやるには品目が多いし、個々の数も大きくなりすぎるものもあるだろうという至極まっとうな理由をつけて、である。

とはいえ、吉備を備えの数の把握に回したことで、いちばん助かったのは中納言かもしれない。

たとえば、中納言が例によって例のごとく頭を抱えていたとする。

「ああ……。どうしてここで数が合わないのかしら。何度数えてもおかしなことになる」

そんな嘆きをしていれば、吉備の耳に入らないはずはない。

「どうしたのですか」と向こうの文机で書き物をしていた吉備が首を伸ばす。

「ここのところの布の数がどうしても合わないのです」

「見せてください」と、吉備は算木をすぐさま並べ始める。「ここが五で、ここが八で、ここが十三で……」

しばらく算木を操っていた吉備が顔を上げる。

「どうでしょうか……?」

「ぜんぶで七十五になるはずですね」

「七十五……では帳簿のほうが合っているのですね。私の数え間違いだったみたいです。ありがとう」

ここで中納言が言っている「私の数え間違い」は、いわゆる計算間違いを含んでいた。

同時代の有名人に安倍晴明という陰陽師がいる。

彼の逸話はどれもこれも怪異絡みが多いと思われがちだが、算術が関連したものもある。宴に呼ばれた晴明が「何かおもしろいことでみなを笑わせてくれ」と頼まれた。すると晴明は「これをご覧ください」と算術をしてみせたところ、宴の者たちが大きな声で笑い出し、笑いが止まらなくなってしまったのである。晴明は黙々と算術をしているだけなのだが、人びとはそれこそ晴明の呪に取り憑かれたかのように笑いが止まらない。このままでは笑い死にしてしまう。人びとは晴明に許しを請うた。「さらば」と晴明が算術の手を止めると、人びとは嘘のように笑いが収まったという。

このように算術には人知を超えた摩訶不思議がある——と扱われていた時代であった。俗に「読み・書き・そろばん」というが、「読み・書き」については男の貴族たちはもとより、いわゆる女官女房たちにとっても教養の基礎だった。それらを当然の前提として、歌の知識や出来栄えで出世や能力の高さはおろか美醜までもが測られていたのだ。

ところが最後の「そろばん」は違った。そもそも「そろばん」がない。だから算木を使っている。九九は口伝えの遊び歌のような形で教えられていたが、そのくらいである。算術を専門とするのは大学寮の算博士たちであり、算術は密教僧の加持祈禱や陰陽師の調伏祈禱のような不可思議の秘術のように思われていたのだった。

そのため、多少物のわかった貴族たちも、計算となると意外におろそかになりがちで、吉備のような存在は「女の身でありながら秘法秘術を独学で学んだ傑物」とでも見られていたのだった。

そんなある日、ちょうど灌仏会が終わった翌日だった。

弘徽殿で立ち回っていた吉備は、中納言、若狭とともに後涼殿に呼び出された。

呼び出したのは匡親だった。

呼ばれた局に行くと、すでに蔵人を表す青色の衣裳のいつもの姿で、彼が待っている。

「お待たせしました」

と吉備たちが頭を下げると、匡親はあらためて簀子を窺っていた。

「周りに人はいないな？」

「ええ。たぶん」

ここは後涼殿でも奥まった局。あまり賑やかな場所ではない。

どうやら言いにくい話らしい。

そんなことを思っていると匡親が用件を切り出した。内容は、女御のお渡りについてだった。

「ときどき、主上からの通達で女御さまがお渡りになる刻限に変更が入るのは知っているだろうか」

「はい」と中納言が答える。吉備と若狭は知らなかった。

内裏に後宮があるということは后が複数いる可能性があると同時に、主上が特定の后と四六時中一緒にいるわけではないことを表している。通常の夫婦のようにいつも一緒にいる、とはいかないのだ。

普通の貴族ならば、妻問をする。

女の家に男が訪ね、歌のやりとりなどがあり、それで気に入れば女が男を邸に入れる。男のほうが通うのが婚姻の最初だった。

しかし、主上の身分で軽々しく女性のもとへ通うのは憚られる。ましてや後宮があるのだ。後宮においては主上の側から后を呼び出し、后は身なりなどを整えて主上のもとへ参じる。

それは夜に限ったことではない。

忙しい政の合間に物語を楽しもうというときにも同様だった。

たまには戯れに主上から訪ねてくることもあるが、その場合であっても主上がひとりでふらりと立ち寄るといった手軽なものではない。

后を呼び出すにも主上が訪ねるにも、一定の作法と人の行き来があった。

「以前は回数が少なかったが、最近は女御さまのお渡りの五回に一回は何かの変更が来る。その対応が大変だからとかいうわけではない。ただ、なぜそうなるのかをそちらでも調べてほしい」

中納言と若狭は丁寧に頭を下げているが、吉備は思わず「はあ……」と言ってしまった。

途端に匡親が眉をひそめた。

「何か？」

「えっと……どうして私たちに頼まれたのかなと思いまして……」

「先日の算術のすばらしさを見込んでのことだ」

ますますわからなくなった。

「あのぉ。算術は何にでも効く特効薬ではないのですが」

今度は匡親がますます眉をひそめる。

「あれから俺も、惟家さまにいろいろ聞いてみた。算木を縦横に並べるだけが算術ではない、税の計算だけが算術ではない、物と人の動きを観察し、無駄を廃して整然とした美しさをもたらすのも算術の考え方だ、と」

思わず吉備の口がにょによする。

「惟家さまがそんなことを」

算術が褒められるとうれしい。

惟家は結構算術に詳しいのだな、と感心もする。

「そういうわけで、この件も調べてほしい」

「まあ、そこまで算術が褒められてしまえば、引き受けないわけにいかないですよね」

吉備の鼻息が若干荒くなっている。

「……おぬし、ちょろいな」

「何かおっしゃいましたか？」

「いいや。何も」

吉備が小さく咳払いをした。

「それで、女御さまのお渡りの変更というのはいつもどんな変更があるのでしょうか」

これには中納言が答える。

「大抵は刻限の変更です。主上のところへ行く予定を遅く聞いていて慌てて少し早める、とか」

「ちなみになんですけど、それで実際に何か問題は起きているのでしょうか」

「……見たところはない。だが、準備がころころ変わるので、引き継ぎで抜けが出たりする」

吉備は考え込んでしまった。

「何を調べればいいのでしょうか……」

「まあ、それも含めて考えてくれ」

頼んだぞ、と言い置いて匡親が出ていってしまった。

中納言がため息をついている。

「あのぉ。これどうすれば……」

「こういうのはよくあるのです。原因のわからないこと、どうしようもないことを内侍司に押しつけて、仕事が終わりましたとされる官人の方々」

と中納言が眉を八の字にして手をひらひらさせていた。

「はあ……」

「新年の除目などでばたばたしていましたからね。人が入れ替わりもしましたし。不なれなだけでしょうよ。もうすぐなれて、抜けもなくなるでしょう」

女御のお渡りに関与する人物にはそれとなく伝えておくから、と中納言も立ち上がった。

吉備は動かない。

「どうしたの？」と若狭。

「中納言さまの言ったとおりでいいのかなと思って」

若狭が苦笑する。

「私もまだまだ出仕して日が浅いですけど、結構こういうことはこれまでにもありましたよ？　ほかのところから内侍司が文句を言われて、とにかく謝っておく。私たちは後宮の女官の顔ですから、誰かに文句を言いたいときにちょうどいい。それで、時間がたつと何となく解決している」

「うーん」吉備がうなる。「匡親さまってそんなことをするようには見えないのだけど」

「算術を褒めてもらったからではなく？」

と若狭が笑っている。

「それもあるけど……」若狭と一緒に立ち上がった吉備は宣言した。「うん。私はちょっと調べてみる」

「調べるって？」

「わかんない。とりあえずは女御さまの周りにずっと目を光らせておくこと？」

「まあそんな感じだよね。何か手伝えることがあったら言って」

「ありがとう」

ふたりも局をあとにした。やるべきことはたくさんあるのだ。


それから数日たった昼間のことだった。

「吉備。ちょっとよろしいですか」

中納言がおずおずといった感じで、吉備に声をかけてきた。

「はい。何でしょうか」

「ちょっと聞きたいことがあるのですが、貞観殿(じょうがんでん)の局でお話しできるかしら」

「はい」

貞観殿は後宮の七殿五舎のうちのひとつである。内裏の中央北辺、常寧殿の北にあった。この貞観殿は御匣殿とも呼ばれ、主上の装束などの裁縫をする女蔵人という雑用の者たちも詰めている。

吉備と若狭が何事かと顔を見合わせながら中納言について局に向かった。

しばらくして、簀子を渡ってくる足音がする。音の大きさから、男のようだと吉備が思っていると、先日の匡親が顔を覗かせた。

「おいおいおいおいおいおい」挨拶もそこそこに、立ったままで匡親が苦情を並べ始めた。

「これ、どういうことなんだよ」

いきなり怒りを露わに言葉をぶちまける匡親に、中納言が困り顔で「申し訳ございません」と何はなくとも平身低頭している。若狭も匡親の剣幕に恐れおののいていた。

吉備は例によって例のごとくただひとり、きょとんと匡親の顔を見つめている。

「あのぉ。何かありましたか」

「あったから呼んだんだよ」匡親が話の矛先を変える。「中納言どの。これは一体どういうつもりなのか、説明してくれ」

「それについては……」

中納言がしどろもどろになっている。

吉備は首をかしげた。自分のわからないところで、どんどん話が進んでいる……。

「いまさらだけど、蔵人って忙しいんだよ。主上回りのあれこれをぜんぶ担っているのに、何で後宮の中心である内侍司がうちの判断を却下して足を引っ張るようなことをしてくれるの？」

中納言が息を乱しながら何か言おうとしたときだった。

「匡親さまっ」

いきなり吉備は大きな声で話に割り込んだ。立ち上がり、ついでに匡親の服を引っ張る。

「何だ。また服を引っ張るのか」

「説明をしろと言うのなら、まずこちらに話をする余裕をください。あなたはさっきから自分ひとりだけでまくし立てています」

「……っ」

匡親はばつが悪いような表情を見せると、吉備の手を振りほどいた。

彼が腰を下ろすと若狭がおずおずと中納言に尋ねる。

「あのぉ。何があったんでしょうか」

すると中納言は匡親に確認するようにこう言った。

「先日、主上から女御さまに賜る絹五十疋(ひき)、蔵人所から下賜の申請をせよというご指示が来たのを二十疋に絞って申し出た件ですよね」

疋は二反を表す。一反が大人の衣裳ひとりぶん相当なので、ざっと百枚前後の衣を作るための絹を主上がくださろうとしたことになる。

「そうだ。主上から畏れ多くも女御方に対し五十疋の絹を下賜すると仰せなのに、どうしてそれを二十疋でいいと言ってくるんだよ」

「はい、申し訳ございません……」

と謝る中納言を遮って、吉備が言った。

「少なく申請しようと言ったのは私です。中納言さまは何も悪くありません」

「は？」

「先日、匡親さまが女御さまのお渡りについて調べてほしいとおっしゃったではないですか。それから女御さまの回りをいろいろ目を光らせていて。それで別件ですけど、私が進言したのです」

「何だって？」

匡親が間の抜けた声を出した。中納言が今度こそいたたまれない様子でうつむく。

「だから、計算して私が五十疋は多すぎる、主上にも民にも申し訳ない——そう思って減らすようにしたのです」

いわゆる十二単は女房装束であり、後宮においては身分の高い女性ほど薄着になっていく傾向があった。女御だと小袿をゆったり羽織ったりするもので、ありていにいって衣裳は少なくなる。衣裳の元になる絹も少なくていいのだ。

「いや、計算とかじゃなくて」

「だって、女御さまに五十疋もいらないじゃないですか。二十疋だっていらないくらいですよ」と吉備はけろりとしている。「そもそも女御さまはちゃんと三位の位に準ずるとして俸給をいただいていらっしゃいます。その中には絹も布も衣もあります。ましてやご実家からの援助もたくさん……」

「そんなのはわかってるよ。封田、封戸だって支給されている」

匡親がいらいらとしているが、そのいらいらが吉備には理解できない。

数字に合わないことはやるものではないと思っていた。

何しろ、主上の絹といっても元は民からの税なのだ。

「ですから、算術でどう計算しても、そんなにいらないのでお断りしました。そのぶん――」

「お断りって――畏れ多くも主上がいいとおっしゃっているのだから、主上のお言葉に合わせろよ」

匡親が泣きそうになっているが、その理由がやはり吉備にはわからない。

「あのぉ。主上とおっしゃいますけれども、まだまだお年としてはお若くて……」

「おまえなぁ」匡親が声を潜めた。「主上に対していますごいこと言ったぞ？　聞く人が聞いたら、即刻出仕取り消し。家族にも累が及ぶかもしれないぞ」

「えー……」と吉備が眉間にしわを寄せた。「だって、主上のものっておっしゃいますけど、元を正せば税として取り立てたものですよね？　税の無駄遣いはよくないと思います」

庭で小鳥が楽しげに鳴いている。

はあああ、と深く深く匡親が息を吐いた。

「もちろん主上のものはすべて公のものだ。それどころか、主上には私のものはひとつもない。すべて民からの税と言えばそのとおりだ。だから主上が五十疋もの絹を出そうというのは、とりもなおさず税から女御さまに渡そうという意思だ」

「だからこそ多すぎなんじゃないかなぁって計算したんです」

「多すぎかもしれないと計算するのも大事だが、そこに込められた気持ちを考えろと言っているんだよ」

「込められた気持ちを考える……」

匡親が肩で息をしている。算木で表せないものを考えるのは苦手な吉備が首をかしげていると、いつの間にかもうひとり、簀子からこちらを覗いている男がいた。

惟家だった。

「匡親。そんなに吠えるものではありません。ここは後宮。女官たち、ことに針仕事に集中している女蔵人たちが驚くではありませんか」

「も、申し訳ございません。と、じゃなかった、惟家さま」

惟家が苦笑しながら局に腰を下ろす。

「匡親がひとりで飛び出したもので、心配になって来てみました」

「畏れ入ります」

惟家と一緒に涼やかな空気が局に流れ込んだ。言葉遣いは丁寧だが何かをいつも楽しんでいるような表情で、まるでやんちゃ坊主がそのまま大きくなったようだった。匡親と比べるとずいぶん大人の雰囲気だし雅だが、単に雅なだけではない鋭さを持っている男なのは先日の薫物をめぐるやり取りで吉備にもわかっていた。

「五十疋の絹の下賜を二十疋に減らしてきたというふうな話で聞いていますが、間違いないでしょうか」

「ええ。間違いございません。理由はそんなにいらないからです」と答えたあと、吉備はつけ加えた。「主上のお気持ちを考えろといま言われたところです」

「ふふふ」と惟家が笑っている「そんなにいらないから——なかなかすごい理由を述べるものですね。どう計算したのですか」

「体はひとつ。女御さまは私たちのように十二単はお召しになりませんから。そんなにいっぺんに絹をいただいたところで使い切れるものではありません」

「たしかに」

「そもそも女御さまの家はお金持ちです」

「はは。お金持ちか」と惟家が楽しげに繰り返した。

「お金持ちですよ。うちなんかとは比べ物にならないくらい。だから、絹はいくらでもご自分で用意できます」

「だから二十疋でよい、と？」

はい、とうなずいた吉備がちらりと匡親を見る。

「何だ」

「いえ。先ほどからずっとこの辺りで話を中断されて、この先が話せなかったので」

「この先？」

吉備が小さく指先をついた。

「はい。——下賜の申請を上げなかったぶんは、別のところへ回してはどうでしょうか」

「別のところ？」

「はい。主上からの下賜という形は変えないで。例えば……蔵人所のみなさまに、とか」

思いもよらない吉備の発言に中納言も匡親もぎょっとした表情になった。

「われわれ蔵人が、主上から頂戴するというのか……」と匡親。

惟家が笑いを隠すように檜扇(ひおうぎ)を軽く広げて口元に持っていく。吉備が笑顔で続けた。

「はい。日々大変なお仕事をしていらっしゃるのですから。主上からの感謝ということで」

「何と畏れ多い」

「いや、日頃の忙しさから見れば、これが筋だと私は思うんですけど。違いますか」

惟家が口元を隠したまま、「そう、あなたは計算したのですね」

一瞬、きょとんとした吉備だが、すぐに笑顔になった。

「はい。これが私の計算です」

「算木以外でもいらぬ計算をする」と匡親がうなっている。

「いらぬ計算ですって？」

むっとした吉備を押しとどめるように、惟家が音を立てて檜扇を閉じた。

「そういうふうに気にしてくれるのは有り難いのですが」

「惟家さま……」

「……まだあなたは出仕して日が短いですよね？」

「はい。まだひと月くらいです」

「そうであれば、わからなくて当然なので、あえて強調しますが、内裏においては主上がすべてのすべてなのです。主上のご意思がまずあり、主上のご意思を実現するためにわれわれ臣下がいます」

「はい……」

　吉備が首をかしげている。

「何か腑に落ちないような顔ですね」

「だって、主上のご意思と言いながらも、主上はまだお若い。女御さまのお父上である関白さまのご意思ではないのですか」

「ふふふ」再び惟家が笑う。「しかも今度はかなり楽しげに。「たしかにそのようにも見えますね。だからこそ主上のご意思が大事なのですよ」

「……全然わかりません」

「関白道隆の意思のように見えても、主上がそのように配慮してくださったのだと思わせることが大事なのです」

「――それは嘘をつくということですか？」

　はははは、と惟家が大きな声で笑い始めた。

「吉備どのにはそう見えますか」

「算木のようにはっきりしないのはどうにも苦手です」

「しかし、あなたは先ほど、女御さまへの絹を減らして蔵人たちに報いるべきだと計算しましたね」

「まあ、そうなのですけど……」

簀子を、お使いの女童（めのわらわ）が急いでいる足音がした。

惟家が軽くそちらを見てから顔を戻し、話を続ける。

「主上の後ろには関白藤原道隆がいて、結局は関白がすべての政を取り仕切っていると思われてはいけないのです。だから今回であれば、主上が女御さまに五十疋の絹を授ける形を取るべきなのです」

「……まだ、よくわかりません」

「うむ。あなたの先ほどの話と一緒で、この先がありますから」と惟家が微笑んだ。

「この先……」

「主上から女御さまへ五十疋の絹が下賜されたとしましょう。吉備どのも指摘したとおり、女御さまにはそれほど必要がないでしょうから五十疋すべてを自分のものにするわけではないはずです」

「はい」

「もちろん多少はご自分のものにするでしょうがね。では残りはどうするか。それはおそらく自分の周りの女房たちに授けるでしょう」

出仕してから日の長い者や、よく尽くしてくれる者たちへの褒美として渡すだろう。

するとその絹は定子（ていし）からの贈り物であると同時に、主上からの贈り物になる。

もらった女房たちはただうれしいだけではないだろう。有り難いことと受け止め、ますます励むだろう。女御だけではなく、そもそも絹をくださった主上に対しても同じ思いになるはずだ……。

「あからさまな利益誘導ですね」

「はは。ずいぶんな言い方ですね」

「勤めの俸給は残りかす。勤めそのものが尊いものだと両親から習ってきましたので」

「吉備どののご両親はかなり難しいことを教えたようですね。そしてあなたもそれを受け止められるのだから優秀なのでしょう」

「畏れ入ります」と冷静に答えたが、自分のことというより、両親を褒めてもらったようでうれしかった。

「けれども、やはり長くよい勤めをしている者にしたら、どんなにがんばっても報われないというのはつらいものですよ」

「………」

「あなたには勤めそのものが褒美だというなら、話を合わせてみますが……たとえばあなたがどれほど算術に秀でていても、どれほど算術で中納言やあるいは後宮全体を助けてあげたいと願っても、絶対に算木を使えないところで一生勤めていなければならないとしたら、どう思いますか」

「それは……つらいです」

「それと同じことです。正しい働きには正しい賞賛と褒美があってこそ、世の中はうまくいくのですよ」

そう言って惟家が笑った。

女蔵人たちが足早に急いでいる。遠くのほうで管弦の遊びの音が聞こえ始めた。中庭では蔵人たちが蹴鞠(けまり)を始めたのか、男たちの賑やかな会話や笑い声が聞こえた。

吉備は腕を組んで悩み込んでしまった。

要するに、と匡親が口を挟んだ。

「二十疋ではなく五十疋の申請に戻せと言っているんだよ」

「はあ……」

匡親があきれたような表情になる。

「いまの惟家さまの話を聞いていたであろう?」

「聞いてましたけど、何となくまだしっくりこないというか」

後宮を含む内裏とは、立派なところだと吉備は素朴に思っているのだ。だから、そこで働く人びとも立派な人びとなのだとこれまた素朴に信じている。モノとしての「褒美」を喜ぶ人びと、となるとまるで俗人丸出しのような気がしてしまうのだった。

匡親がさらに何か言おうとするところを、惟家が片手で制した。

「わからないところはまだ残るかもしれない。それはそのたびごとに同僚の若狭どのや上役の中納言どの、あるいはわれわれに聞けばいい」

「え？　俺たちに？」と匡親が変な顔をしている。

「そのようなもろもろの事情を勘案して——主上に関係する物の出し入れ、予算は基本的には手をつけないでおいていただきたい。それが私の結論です」

中納言が「はい、かしこまりました」と話をまとめようとしているが、吉備はもう一回質問してみた。

「惟家さまが誠実なお人柄だというのはわかりました。けれども、そのようにモノとしての褒美を必要とする人たちなら、それこそ誰かが五十疋の絹を二十疋と偽って受け取り、三十疋を横流しするようなことだって起こり得るかもしれません」

吉備のように計算して、定子のところに必要な数だけを渡し、あとは自分の懐に収めてしまう……。

「ははは。そうかもしれないですね。けれども、その場合はその場合。ご理解ください」

「わかりました、ということにしておきます」

吉備がそう言うと中納言がほっと胸をなで下ろす。若狭が中納言に「よかったですね」と声をかけていた。

「助かります」と惟家が頭を下げる。頭を上げた惟家は少し苦笑しながら、「今回の絹の下賜はまさしく主上のご発案でした。これは私の独り言ですが、この絹は女御さまに差し上げる『贈り物』だと見えなくもない……。主上とは言えまだまだお若い。三歳年上の美貌の女御に少しはかっこうよい男のように振る舞ってみたい想(おも)いもあったかもしれません。まあ若い男の愚かさだと思って大目に見てやってください」

「え……」

と吉備たち女官三人が顔を見合わせた。ここまで丁寧に説明されれば恋を算木で考えようとする吉備にだってわかる。何か聞いてはならないことを聞いてしまったような気がしていた。若狭の顔赤いよ、吉備だって、と小声でつつき合う。

「と、とりあえず二十疋の下賜の申請を、五十疋に戻し、早急に対応します」

今度こそ中納言が話をまとめた。そうしてください、と惟家が立ち上がる。

惟家は菩薩(ぼさつ)のように微笑んで身を翻した。

惟家が局から出ていくと匡親が大きく深く強くこれ見よがしにため息をついた。

「ああ、おぬしも大概な女だな」

と頭をかきながら吉備に声をかける。

「それはお褒めの言葉として受け取っておきます」

「そういうところ、大したものだと思うけれども、ほどほどにしとけよ。横で中納言どのが緊張から解放されて泡を吹きかけている」

中納言さま、しっかり、と若狭が一生懸命彼女を揺さぶっていた。

「まあ、それにしてもよくあの惟家さま相手に食い下がるものだと思って見ていたよ」

「惟家さまだか、どれ家さまだか知りませんけど、やっぱり割り切れないところは割り切れないと話し合えたのはよかったと思います」

「ふーん。それが算術に秀でた者の考え方なのか」

吉備が肩をすくめた。

「どうでしょうか。それにしても惟家さまって人は意外と食えない人ですよね」

「食えないときたか」

「ええ」と、吉備はぱっと明るく笑った。「私は匡親さまのほうが好きです」

「うえぇ⁉」

匡親が真っ赤になった。若狭が「こ、告白……？」目をまん丸にしている。中納言は弱ったままだ。

「い、いまおぬし、何と……」

「惟家さまよりわかりやすい性格のようなので、私としてはつき合いやすいですから。何ていうか、御しやすい？　父に似ているんですよね」

そういうことか、と若狭が胸をなで下ろす。匡親が眉をつり上げた。

「御しやすいとは何だ、御しやすいとは」

「ふふ。そういうところですよ。――それでは今日のところはこれで」

と吉備が立ち上がろうとすると、匡親が止めた。

「待ってくれ。今回の件は今回の件として、女御さまのお渡りの件は頼むぞ」

「まあ、一応見ていますが」

「先日もおかしなやりとりがあってな。おぬしの算術の知恵を見込んでのことだ」

算術の知恵、と言われて吉備の口がうにょうにょと動く。うれしいのだ。

「ど、どのようなやりとりがあったのか、お伺いしましょう」

「匡親さまがお父上なら、吉備はさしずめ胡桃丸かしら」と若狭が独り言をつぶやく。

「何？」と吉備。

若狭はそれには答えず、白湯でも持ってきますと席を立った。

匡親から話を聞き、弘徽殿にある自分たちの局に戻っても、吉備は頭を抱えてしまっていた。

「やっぱりこれは私のやるべきことなのかな……」

「吉備ならできる！　匡親さまは吉備の知恵を見込んで相談してきたのですから、答えないと！」と若狭が両手を握って応援している。胡桃丸も一緒に応援するようにしっぽを振りながら、わんわんと吠えていた。

吉備はため息をつく。庭を見ればどんより曇っていた。

――匡親が女御のお渡りについて念押しをしてきたのだ。

『昨日も主上が女御さま側に命じたお渡りの時間がずれていてな。あちらは日没頃の予定だったようで、慌てて支度を整え、間に合ったのだが……。どうだろうか』

『調べているところです』

そう答えるしかなかった。

二度、同じ注文をつけられたので、中納言も多少気にし始めている。まだ具体的に動いてはいないが。

「現実的にはお渡りの担当の女官を別の人にするとかでしょうか」

と若狭が言うと、吉備が文机の上に紙を置いた。

「頭で考えているだけだとわからなくなってくるから、書いてみる」

吉備が筆を取った。

そもそも、主上が女御を呼ぶに当たっては「前渡り」がある。

いきなり呼びつけるのは——しかもそれが夜の御殿の宿直所となれば、主上がなさるには軽々である。そのため、事前に人を使って、気持ちの用意と身支度をさせるのである。定められた刻限までに準備を終えた后のところへ主上の名代たる使者たちが来訪する。明かりを持つ者、前払いする者、主上の使者、その供回りたち——。夜のしじまの中、相応の人数からなる使者一団が衣擦れと足の音のみを立てて後宮にやってくるさまは、月の使者がかぐや姫を迎えに来るような神秘感すら漂っている。

女御のところへたどり着いた使者は口上を述べる。

このとき、主上からの手紙があればそれも渡す。

使者が主上のもとへ戻るときには、定子も同行している。随行の者たちも加わり、さらに人数が増えている。后がひとりだけで行動することはないからだ。

見送る女房たちも当然、いる。

女御に同行した女房は宿直所に控え、女御の衣裳を脱がせたりする——これが女御のお渡りの流れである。

吉備が調べた範囲で、お渡りの刻限の変更で何が変わるかというと、

「女御さまの心の準備」

それまでの女房との物語などを中断するのだから、気持ちに負担があるかもしれない。

「女御さまの衣裳の変更」

これは定子の好みにもよるものだが、夜の衣裳と昼の衣裳では別の装いになる。

「準備する持ち物やしつらえの変更」

夕餉を一緒に取ることはなかったが、白湯や菓子類を用意したり、しなかったりが発生する。

「随行人員が変わる」

これも刻限による。その日、夕刻までの人物や夕刻以降に宿直として出てきた者の様子を見ながら随行を最終的に決定する。

「お渡りの順路の再考」

女御定子は登華殿という殿舎にいる。主上が重要な儀式を行う紫宸殿の北西で、比較的、主上に近いのだが、それゆえに昼間のお渡りとなると人払いなり、男たちの少ない順路を選んで回り道をしたりしないといけないこともある。


女御の心の準備は、いまは考えなくていいだろう。算術では計算できない。

だが、それ以外の変更点はどうだろうか。

何らかの物のやりとりが発生しないだろうか……。

女御の衣裳の変更は、その場で仕立て直しはないが、衣裳に合わせた薫香の消耗を伴う。

衣裳を変えれば先に焚きしめた薫香はひょっとしたら薄れてしまって、次回の使用に耐えないかもしれない。また衣裳を変える際に化粧も多少直さねばなるまい。

準備する持ち物やしつらえの変更は、白湯や菓子類は内裏から出るだろうが、扇や宿直所のしつらえの類(たぐい)はどうだろう。大半は定子の実家からで、一部は内裏から出ているのではないか。

人員の変更は、それに伴っていくつか物のやりとりが生じるだろう。いちばんわかりやすいのは使者たちの夜食か。浅い時間ならいらないだろうか。

順路再考に伴っての物のやりとりは、ないかもしれない……。

そこまでまとめて、吉備はまた頭を抱えた。

消耗品の類でもっとも値が張りそうなのは薫物。それ以外となれば明らかに使者をはじめとした人にかかわる時間と労力だろう。人のところは俸給という形でまとまって禄(ろく)が出ているから一回当たりのお渡りでの俸給の計算は難しい。むしろお渡りが多ければ多いほど人にかかる金額は減ってしまう。算木で弾(はじ)ける範囲で見れば薫物や菓子しか計算できない。絹一疋程度だろうか。

仮にこれが臣下の貴族たちのように妻問であれば、費用は馬鹿みたいに跳ね上がるだろう。妻側の邸では最上級のもてなしをしなければいけないし、一夜を明かすとなれば警備の厳重さは尋常ではなくなる。行幸だけでもおそらくは絹ならば何十疋、銭に換算すれば何万文も必要になろうが、妻側はその十倍くらいは必要になるだろう。

そんなことをされたらほとんどの貴族は一夜にして没落する。

主上の寵はほしいが、没落もしたくない。だからこそ後宮というあり方は理にかなっているとも言えた。

のだが。

本件に限って言えば、吉備は何かを見落としているような気がしている……。

そこへ簀子から落ち着いた男の声がした。

「考え事のところ申し訳ありません。頼まれていたものを持ってきましたよ」

惟家だった。人の名前がたくさん書かれた紙を吉備に渡す。

ありがとうございます、と受け取った吉備は文机の横にあった紙と突き合わせ始めた。

こちらは中納言にお願いして取り寄せた紙だった。

「それは何?」と若狭が覗き込む。

「惟家さまからいただいたのは、主上から女御さまへの前渡りや使者の一団にいた方々の名。同じように、中納言さまからは女御さまの女房たちの名を聞いておきました」

「それで何がわかる?」

「まだこれから。女御さまのお渡りの刻限に変更があった日を抜き出して比べてみないと」

　ほどなくして、男のほうでは三人、名が残った。

「あれ。これは……」

　その三人のうちひとりは匡親だった。

　まさか、匡親が何か原因になっているのか。自分で相談しに来ておきながら、自作自演だったというのだろうか。たしかに彼には薫物の一件という先例があるのだが……。

　女房のほうは女御付きの女房たちだからほとんど名が残っている。

　すると惟家が首を伸ばしてきた。

「ああ。この者とこの者はきょうだいですね」

「え？」と吉備は顔を上げた。

　思いのほか、近くに惟家の秀麗な顔があって、びっくりする。

　ふと、惟家の薫香が匂った。なぜか胸の奥が痛くなった。

　この香りは、と思ったとき、若狭が声をかける。

「何だか大変そうだから、今日の油の補充は私がひとりで行ってくるね。お渡りがあってもなくても、早いときも遅いときも、同じように減ってるから」

「あ、ごめん。私も行くよ」と、惟家に礼を言って立ち上がろうとしたときだった。「そうだ。それもあったんだ」

思わず吉備の眉が動く。笑みがこみ上げてきた。

「どうかしたの？」

横で胡桃丸が「くーん？」と首をかしげている。

「わかったかもしれない。――どうして女御さまのお渡りにときどき変更が出るのか」

ほう、と惟家が楽しげに目を輝かせた。

先ほどの紙にある名を指さしながら、吉備は惟家にその人物についてもっと詳しい話を求めるのだった。

その翌々日である。

再び主上から定子のお渡りを命じる前渡りが発された。

女房が前渡りから刻限を告げられ、準備が始まった。

宿直所の支度を整える女房たちが登華殿を出る。

順路となる簀子の辺りは蔵人たちが下見をしていく。夜更けの対応としてそこここに明かりが用意された。

女御の髪に櫛(くし)が入れられ、お渡りのための衣裳が準備され始める。手にする衵扇(あこめおうぎ)も選ばれた。

その頃だった。

女房のひとりが大慌てで登華殿にある定子の御座所に戻ってくる。

大変でございます、また刻限の変更があったようです、とその女房が告げている。

御座所が慌ただしくなった。

どこかでまた連絡の行き違いがあったようで、先ほど前渡りの告げた刻限よりも一刻早くとのこと。女房たちが顔をしかめながら、準備を早めていく。

だが、その中心にあって定子は微塵も動揺していない。

可憐な面立ちに桃色の微笑を浮かべて、「わかりました」とだけ言うと、近くにいる信頼できる女房の名を呼んだ。

「清少納言」

「はい」と定子より十歳くらい年上の女房が丁寧に頭を下げる。

「衣裳を変えます。いまから言うからその色と柄にして」

定子が落ち着いた様子で衣裳の変更と衵扇の変更を告げれば、慌てていた女房たちの心も不思議と凪いでいく——。

ただし、御座所の外はまだまだ慌ただしい。

一刻早まったのではなく、この刻限がもともとの主上の御心である。間に合わせなければいけない。

順路が再考され、蔵人たちがあらためて危険な物がないか下見する。定子付きの女房たちも、御座所から一歩出ればとにかく足早に準備を進めていた。

大勢の者たちが足早に動き回る様子を少し離れたところで見ていた女官がいる。

吉備だった。胡桃丸をおなかの辺りに抱えている。隣には若狭がやはり息を潜めて様子を窺っている。

「ああ、みなさんお忙しそうなのに、私、こんなことしてていいのでしょうか」

と若狭が罪悪感を感じているようにつぶやいた。

「しょうがないですよ。これはこれで大事なお勤めです」

吉備がじっと御座所周りを見つめたまま答える。

「胡桃丸ちゃん、ぜんぜん鳴かないですね」

「この子はお利口さんなのです」

しばらくして、主上の使者がやってきた。

夕暮れになり、徐々に日が落ちていく中、しずしずと使者たちが歩いてくる様は、どこか神さびているほどである。

使者たちが御座所にたどり着く。

互いの口上が繰り返され、儀礼に則って定子が自らの御座所から出発する。

定子に同行するお付きの女房たちもいた。

ゆっくりと列が去っていく。

いくつかの角を曲がって、列が見えなくなった。

定子を見送ると、登華殿に安心した空気が流れた。

あとには初夏の夕暮れの風ばかり。

女主人とも言うべき定子がいないのは寂しいことであったが、それよりも無事に主上のところへ送り出せたという安堵のほうが、女房たちには大きいのだろう。

「何とか間に合いましたね」

「一息つきましょうか」

「今宵はお戻りになるのかしら、それともお泊まりなのかしら」

「さあ。今日はまだ時間が早いから、ひょっとしたらお戻りになられるかも」

「では夜遅くまで起きていませんと」

そのように女房たちがやり取りをしながら、多少の唐菓子なども準備したりする。

彼女たちがすっかり休憩に入った頃だった。

ひとりの女房が登華殿からするりと出てきた。

足音を立てずに簀子を急いでいる。

あの人だ、と吉備は彼女を追い始めた。若狭も続く。

向こうからはひとりの蔵人がやって来るのが見えた。

やがてふたりは合流すると、示し合わせたようにうなずき合い、蔵人は音もなく地面に降り立った。女房のほうは周りの明かりを覗き込んでいる。

蔵人が庭の明かりの油を覗いたときだった。

わんわん――。

胡桃丸が吠えた。

仔犬（こいぬ）の高い鳴き声だが、蔵人を驚かすには十分だった。

「あなや」と蔵人がしりもちをつく。

前渡りをしていた蔵人だった。

「そこまでですっ」吉備が蔵人の前に現れた。「おふたりとも動かないで」

その声を無視して、簀子の女房が逃げ出そうとする。

と、胡桃丸の声を聞きつけたのか、ほかにも蔵人がふたりやって来た。

ひとりが「何か犬の鳴き声が聞こえたが」と吉備のほうを見ている。匡親だった。

「ああ。匡親さまと弟の匡文（まさふみ）さまですね。約束どおり胡桃丸の声で出てきてくれてありがとうございます。そこの女房――王侍従（おうのじじゅう）さまが逃げないように押さえてください」

「わ、私が何をしたと」と王侍従。

だが彼女が逃げ出すよりも早く、匡親が動いた。

「おっと。申し訳ないが少し話を聞かせてもらおうか」

「紀夏道（きのなつみち）さまですね」と吉備がしりもちをついている蔵人に呼びかけた。

「な、何だ、おぬしは」

「私は吉備。内侍司です。ところでいま、あなたは何をなさっていたのですか」

「――明かりの様子を確かめていただけだ」

簀子の匡親が小さく笑う。

「ふ。だそうだが、おぬしは何をしていた？　王侍従」

「私は……」と王侍従と呼ばれた女房が言葉に迷っていた。

彼女は御座所にお渡りの刻限の変更を告げに戻った女房だった。

吉備の腕のなかで、胡桃丸が小さくうなって夏道を威嚇している。

「調べました。女御さまのお渡り、ある人物が蔵人の側にいるときに刻限の変更が必ず起きています。その人物は三人。匡親さまと弟の匡文さま、それと夏道さま」

「…………っ」

「私はこの三人の誰かが、女御さまのお渡りの刻限を変更せしめているのではないかと思ったのです」

「それで私を疑ったのか？　どうして匡親どのや匡文どのではないのだ」

と夏道が反論する。

「それは惟家さまと若狭が教えてくれました」

「何だと？」

「私？」と若狭が自分の顔を指さしていた。

「若狭、こう言ったでしょ。明かりの油が『お渡りがあってもなくても同じように減ってるから』って」

ええ、と若狭がうなずく。

「………」

吉備が続ける。

「先ほど、匡親さま、匡文さま、夏道さまがいらっしゃるときにだけ、お渡りの変更があると言いましたが、正しくは違います」

「何だって？」と匡親が聞き返した。

「いま申し上げた三人がいるときでも、変更がないときがある。そこで、惟家さまの言葉が糸口になったのです」

「何を言われたのだ？」

「『この者とこの者はきょうだいですね』と」

匡親と匡文が顔を見合わせる。

「それは俺たちのことか？」

「いいえ。違います」と吉備が夏道に厳しい目を向けた。

「教えていただきました。夏道さまと王侍従どのはきょうだいですね？」

「え？　そうだったのか」と匡親が驚いている。

「……黙っていましたので」と夏道が絞り出すように言った。

夏道が弟で、王侍従が姉だという。

「女御さまのお渡りに変更が出るときの条件は、夏道さまと王侍従さまが共にお渡りにかかわっていらっしゃったとき——正確には夏道さまが前渡りをされ、かつ王侍従さまが宿直所の準備をされるときだけ、なぜか刻限に変更が出る。実に実に、おろそかなり——」

算術にすぐれた吉備が条件を見つけるのに苦労したのは、人物の特定だけでは共通点がなかったからだ。人物を特定し、さらにその役目まで条件として考えなければいけなかったのである。

「…………」

夏道たちふたりは黙っている。

「何でこんなことをしたんだ」と匡親がため息をついた。

答えは吉備が提示していく。

「動機はとてもつましいところにあったのです」

「つましいところ……？」

「ふたりで結託して女御さまのお渡りの刻限を偽装した。お渡りの準備にはいろいろなものが必要になります。人も衣裳も薫香も扇も——そして道中を照らす明かりのための油も」

「油、だと？」

「前渡りの夏道さまがわざと偽りの刻限を御座所に伝え、準備を始めさせる。宮中全体の準備ができた頃合いを見計らって姉の王侍従さまが正しい時間を告げる。――時間が早まった際に不要となったものを着服していたのですね」

「……っ」

「そうか。おふたりは夜遅いときのお渡りで必要になる油や薫香の類などをごまかすために、最初は遅い刻限を教えて、本当は早い刻限でしたと訂正した。だから、お渡りが早いときも遅いときも、同じように油の補充が必要になったのね……」

若狭が確認すると、吉備はうなずいた。

「そう。お渡りから戻られる時間が早くて宮中もまだ明るいとなれば、明かりを入れる必要がないところも出てくる。遅くまで明かりを灯しておく必要がないので油を抜いてしまってもいい。衣裳も、刻限の変更で変えるなら、薫香を急いで焚きしめる必要も出るかもしれない。そんな出し入れの最中に薫物をひとつふたつ失敬することもできる」

「それで行くと使者をする蔵人たちの夜食の唐菓子もそうだな」と匡親が口を挟んだ。

「早い刻限となれば唐菓子も必要なくなる。準備をした者は困ってしまう。誰かが食べなければならないだろう」

そのようなわずかな油、わずかな薫物、わずかな唐菓子をふたりは取っていたのだ。

「何でこのようなことをしたのだ」

と匡親が顔をしかめていた。

「何でこのようなことを、ですって?」匡親の言葉に夏道が怒りの声を発する。「しかたがなかったんだ。正式には俺はまだ六位蔵人(ろくいのくろうど)の次の非蔵人。姉も女御さま付き女房とはいえ、まだまだこれから。ところが、両親と長兄たちが相次いで病に倒れてしまった」

ここまで黙っていた王侍従が口を開いた。

「……わが家はもともと貴族の末席でしたが、一気に病人を抱えてしまい、米にも困り始めました。庶民とそれほど変わらないありさまです。けれども、内裏には物が何でもあふれている――」

「食べ物も油も着る物も……。家に帰れば年老いた両親や兄たちが病で寝込み、満足に食べることもできないでいるというのに、俺たちだけがこんないい場所で働いているんですよ」

匡親がどこか痛ましげな顔つきで夏道に言う。

「だったらば、それを感謝してもっともっと励めばよいではないか。非蔵人のおぬしに前渡りをさせたのは見どころがあるからだ。六位蔵人の席が空けばすぐに取り立てるつもりだった」

蔵人は主上の近侍という立場から、その先には出世の道が大きく開けていた。

「いまここで将来の出世が何だと言うんですか」と夏道の声が強くなる。「出世できれば有り難いけれども、ほんとうに出世できるかはわからない。それよりもいまここで両親の口を糊するものがほしい。十年後に手に入るかもしれない米よりも、いまの唐菓子と油のほうが現実には両親の看病の足しになるんだ……」

姉の王侍従が涙をこぼし始めた。

「油をこつこつ集めて一升になれば銭百文ほど。米一升が大体十文ですから十升、つまり一斗にはなります。麦なら二斗も買えるのです」

初夏の夜、変に暖かな空気が肌に重い。

「なぜそれほど困窮するまで黙っていた」と匡親が簀子から降り、悔しげに夏道を揺する。

「俺は畏れ多くも主上にお仕えし、姉は女御さまにお仕えしている身。それなのにさほどに貧しいとなれば同僚からの後ろ指も陰口も来る。俺自身がそのように言われるのはいいとしても、姉がそう言われるのはつらい。姉は姉で俺がそう言われるのがつらいと言う」

「…………」

「そして俺たちふたりともが、自分の両親が貧しさゆえに後ろ指をさされるのはつらいという気持ちを持っていた。だから……」

「だから、誰にも話せず、このようなことに手を染めてしまったというのだな」

「はい……」

匡親が目を閉じて天を仰ぐ。大きく息をして、夏道に向き直った。

「これについては吟味の上しかるべく対処しなければならないかもしれない」

「はい……」

「……ばかな奴だ。一言俺に相談してくれていれば、悪いようにはしなかったのに」

匡親の声が湿っている。

そのときだった。

「お待ちください」

吉備だった。

「この人たち、何とかならないんですかね」

「は？」

「だって私腹を肥やすためじゃなかったわけでしょ？　まあ私腹と言えば私腹なのかもしれないけれども、両親や兄たちを想ってのこと」

「それでも、明らかに主上の財に害をなしただろう。油も薫物も唐菓子だって、不当に得たものだ」

「でもでも、たかが知れていますよね。油も薫物も唐菓子も。唐菓子なんてそもそも日持ちするもんじゃないからすぐに食べちゃわないといけない」

「何を言ってるのだ、おぬしは」

「ですから今回は大目に見てあげたらどうかなって」

「大目に見るだと？」

匡親が目をむき、夏道たちは息をのんでいる。

「いままで誰も見抜けなかったのを私が見抜いたんですから、最後まで私の好きにやらせてくださってもよいですよね？」

「だから何を言ってるのだ、おぬしは。俺のときは逆のことを言っていたではないか」

「あのときはあのとき。いまはいまです。それにさっきの話、一理ありますから」

「どういう意味だ」

吉備は匡親を無視して続ける。

「簡単な算術の問題ですよ。仮に千年後に米を百石、あるいは銭を百万文くれると言われても、私たちには文字どおり一文の価値もありません。死んじゃってますから」

「だから――」

「同じように、仮に十年後に位、それに伴う財や米が手に入るとしても、その十年後がほんとうに訪れるかどうか、釈迦大如来でもない限りわかるものではありません。途中で死んじゃってるかもしれませんから。逆にいま仮に米百升持っていれば、それを自分で食べることができるのはもちろん、売ったり、貸したり、田んぼにしたりして十年の間にもっと増やすこともできます。同じ米百升でも十年後にもらうとしたらどうなるか。いま話した米を増やせる可能性をぜんぶ手放していることになるので、いまの百升よりももっと価値が少ないのですよ。——もちろん、十年後の米百升では今日おなかいっぱいになりませんしね」

匡親が舌打ちする。「また難しいことを言い出したな……」

吉備はするすると簀子に上がると、胡桃丸を下ろして懐からいきなり算木を出してきた。

「いいですか。仮にいま百升があって、年五分ずつ増えていくのだとしたら十年後はどうなるか」

吉備の手が算木を摑んで舞い始める。

彼女の手がひらめくたびに、算木は並びと数を変え、くるくると表情を変えていく。

胡桃丸が「きゅーん？」と覗き込んでいた。

できた、と吉備が微笑む。

「細かな数字は省略しますけど、百六十三升近くになります」

笑っているのは吉備だけ。周りは首をかしげるばかりだった。

「要するに、将来の出世よりいまのお金ってこと？」

と若狭が質問する。

「それはわからない」と吉備がまた違ったことを言った。「匡親さま。夏道さまは十年後、どれほどの位に就いていると思いますか」

匡親が腕を組んだ。

「それこそ、俺はお釈迦さまでもないのだからわからない。けれども、通例で考えれば、五位になっているか、どこかの国司にはなっているだろう」

「そのときの俸給はどのくらいですか」

「計算は難しいが……知り合いが和泉守になったときには、田だけで十町弱はあった。ざっと百四十石にはなるか」

そのうえ、布などの収入があるからさらに四割くらい増える。

「さっきの米百升の増え方と、どちらが大きいですか」

「それは断然、真面目に働いて収入を増やしたほうが大きいだろう」

吉備が朝日のように笑った。「そういうことです」

夏道と王侍従が狐につままれたような顔をしている。胡桃丸が「くーん」と鳴きながら、算木と戯れ始めた。

「夏道さまたちのやり方はもう通用しません。私が見抜きましたから。たとえ、やり方を変えてもダメです。私はちゃんと見抜きます」

なぜなら吉備は数字で把握しようとするからだ。ごまかそうとしても、必ずどこかの数字で矛盾が出る。矛盾の出た数字は必ず吉備に何かを教えるのである。

「はい……」と夏道と王侍従がうなだれていた。

「もう二度とこんなことはしないでください。それなら今回は大目に見てあげてもいいかなって」

二人がおののくようにしながら吉備を見ている。

「許してくださるのですか」

「ちょうどいま手元が不如意で困っていらっしゃるんですよね。もう少し待ってください」

「……？」

「女御さまに対し、主上から絹が下賜される手はずになっています。おいおい、王侍従さまのところにも絹が回ってくるはず。そうすれば一息つけるではありませんか」

「あ……」

吉備が王侍従の前でしゃがみ込んだ。

「それでもどうしてもダメだったら、一緒に考えましょう。私、算術でやりくりしてみせますから」

「そんなことが？」

「大丈夫です。無駄なものを省いて必要なところだけに集中すれば、何とかできるものですから」

再び、王侍従がはらはらと涙を落とした。「何でそこまで考えてくれるのですか」

「私が算術を教わった人から言われたんです。『算術は正しいことに使えば、人の命だって救える。人助けのためにこそ使ってこその算術なんだよ』って」

その言葉に王侍従が泣き崩れた。夏道も肩を震わせている。横で匡親がやれやれという顔をしていた。

「俺は何も見なかった。俺も弟も今宵ここを通らなかった。それでいいか?」

「さすが匡親さま」と吉備が手を叩いた。

「今度だけだからな。――こんなの、惟家さまに見つかったら……」

匡親がぶつぶつ言っているのを弟の匡文が不思議そうに見ていた。

「そのときは私も一緒に謝ってあげますから」

「おぬしが謝ったところでどうにもならぬわ」


――とにかく夏道と王侍従の件は不問に付された。

数日後、主上から定子へ絹五十疋が下賜された。

惟家が言っていたとおり、定子はそれをさらに自分の女房たちにわけ与え、女房たちはそれは有り難くいただいたとか……。

弘徽殿で細々したものの整理をしていた吉備と若狭は、匡親から聞いたそのありさまについて小声で話していた。

「王侍従、受け取るのは心苦しいかもしれませんね」

と若狭がため息をつく。

「絹に名は書いてありません。誰のものでもないんですからもらっていいと思いますよ」

そもそも、定子付き女房たちへ贈り物を見越しての下賜だったのだから。

「そんなものですかね」と若狭がまだ微妙に晴れない表情をしている。

「あるいはその絹を受け取ること自体が、王侍従どのと夏道にとってはいちばんの罰かもしれませんね」

と、簀子から惟家が顔を覗かせていた。隣で匡親が渋い顔をしている。

「今回はありがとうございました」

と吉備がさわやかに頭を下げる。

「ふふ。匡親からこっそり聞いています。今回のこと、あなたが丸め込んでしまったと」

胡桃丸が楽しげにわんわんと鳴いている。吉備は頬をかいた。

「丸め込んだというわけでは……」

「そうでしたか」と色白で美形の惟家が匡親を振り返る。

匡親が何か言おうとするのを、「あ、匡親さまは悪くないんです。基本的に言い出したのは私ですから」と吉備が止めた。

「ふふ。わかっています。それについて咎めだてもしません」

「はあ」

「そうでなければ私もこんなに気安くここに訪ねてきませんよ」

「そういうものですか……」

「算術で無駄を省く。大切なことだと思います」

「算術は無敵です。えへへ」

「そうやってあなたが目を光らせてくれるのを、きっと主上も、それに民も喜んでくれるでしょう」

「がんばりますっ」

　吉備が笑み崩れている。

　何かご用がおありでしたら承ります、と若狭が話を進めた。

「実は吉備どのに私も計算してほしいのですよ。十年後の米百升は、いまもらう米何升ぶんと釣り合うのかと思いまして」

　計算、と聞いて吉備の目が輝く。胡桃丸が短い尻尾をぶんぶん振りながら、吉備のそばを跳ね回っている。「よろしいですか。十年後の米百升ということは……」と懐から算木を取り出していた。

　算木の鳴る音が後宮に響く。碁の遊びのように、軽やかに。

第三章

消えた家人と太刀の行方

都に、五月雨(さみだれ)の季節がやってきた。

しとしとと毎日雨が降り続ける。

昼も薄暗く、肌寒く、空の青さがないために見るものすべてが灰色がかって見えた。

長雨はどこか気鬱になるものである……。

仕事の手を休めて若狭(わかさ)が庭を見て、ため息をついた。

「ああ。この間の祭りは楽しかったのに」

とつぶやいている。珍しく気が塞いでいるような声だった。

「ほんと。そうだったねぇ。祭り、よかった……」

吉備(きび)も元気がない。胡桃丸(くるみまる)が吉備の手をなめながら、「くーん」と鳴いていた。

「どうしたのですか。吉備が算術以外のものでよかったなんて言うなんて」

と若狭が真顔になる。まるで嵐の前触れだとでも言いたそうな顔だった。

「私を何だと思っているんですか。私だって祭りは楽しかったんですから」

吉備がまじめくさって答える。だが、普段の行いを見ていれば、若狭からそう言われてもしかたがないかもしれないと思うくらいの気持ちはあった。

若狭がいつもの笑顔になる。

「はいはい。それで吉備はどの辺りが楽しかったんですか。ちなみに、私はやっぱり女人列のあでやかさがすばらしかったです」

「私はねぇ……」と吉備が祭りを思い出しながらうっとりした表情になっていく。「やっぱり出ていた牛車の台数のすごさとか」

「ん?」

「人の数を数えて、足したり引いたりしたり」

「んん?」

「行列のひとりひとりの間隔を比べたり、歩く速さから隊列の進行具合を計算したり。そういうのを頭の中でいつまでもいつまでも計算していられるのがすっごく楽しかった!」

吉備、虹のような笑顔である。

「ちょ、ちょっと待って、ちょっと待って」

と若狭が吉備を止めた。

「何? いま楽しい思い出を反芻(はんすう)していたのに」

心外そうに吉備が口を尖(とが)らせるが、若狭は頭を抱えている。

「……やはり、祭りを楽しんではいなかったんですね」

「何を言っているんですか。思い切り楽しんでいましたよ」

そのような会話も、後宮の屋根を叩く五月雨に包まれて、やや遠目から見ればどこか雅めいたやりとりに見えるから不思議である。

庭に目を転じれば、存分に水を吸った植物が、雨の日々も成長しているのがわかった。朝顔がつるを伸ばし、雨の中なので目立たないがむらさきやつきくさの小さな花が揺れている。雨の中、ときどきどこかでひばりによく似た鳥の声がしているのもなかなか趣深かった。

賀茂祭が終わって六月になると、大きな行事としては月の終わりにある夏越の大祓があった。

新年からいままで、半年分の罪や心の汚れを祓う儀式である。

人の形にした紙である人形に息を吹きかけて、自らの罪障を移す。大祓詞をもって、祓うのである。さらに宮中では主上や后、東宮の背丈の竹の枝を折る節折という儀式が行われる。

年の終わりにも大祓が行われるが、こちらは年越の大祓という。

「六月もばたばたしますね」

と中納言が吉備たちに話しかけた。いつもの八の字眉だ。彼女がばたばたしていないときは見たことがない気がする、と吉備は思う……。

「大きな行事はそれほどないですよね」

と吉備が尋ねると、中納言は持っていた布を下ろして肩を叩いた。

「夏越の祓に合わせてというわけでもないのでしょうけど、地方に出ていた受領の方々が新しい方と交代して戻ってくる時期なのです」

受領とは、主上の命でそれぞれの地方国を治める国司たちのうち、現地に赴任して実際に地方の政の責任を担う者たちだった。もともとは現地に赴任する国司が前任者からさまざまな引き継ぎを受けることを「受領」すると言い、それがそのまま役職の呼び名になったのである。

受領が現地に赴いて実際に統治をする地方官であるのに対して、逆に都にいながら官職に伴う給付だけを受け取る国司もいる。そのような者は遥任と呼んだ。もちろんこの場合も目代と呼ばれる代理人を現地に派遣して租税の取り立てはしていた。

「なるほど。それで内裏や大内裏で男の方がずいぶん行き来しているのですね」

と吉備が小さく手を打つ。

「受領といい、あるいは国司の代理人の目代といい、そのような人びとはだいたい有力な貴族がうまく根回しをして領国を除目で命じてもらって仕事をしているんですよ」

と中納言が言うと、若狭が苦笑した。

「年末になると大変なんですよね。寒い中、推薦をいただこうと列をなしていろいろな貴族のところを訪ねたり、推薦の推薦を持ってやってきたり……」

「それでめでたく除目をいただければ、一気に収入が増えます。除目が下りるように尽力した貴族のほうにも当然そこから見返りがやってくるわけで……」

「男の人というのは大変なんですねえ」

横で胡桃丸も同情するように鳴いている。

「吉備のお父上だって苦労なさったはずよ？」

「そうですね」

　家の中で唯一の女の子ということでいろいろな貴族の邸に挨拶回りで引き出されたのは、当時はイヤだったが——いまでもあまりよい思い出ではないけれども——父も苦労があったのだろうなと思い至った。

　もっとも、そのおかげで算術と出合えたのだから、運命はどうなるかわからない。

　それに——《橘の君》。

　あの笑顔を思い出すたび、人知れず笑みが浮かび、胸が少しだけ苦しくなる。

　姫のように美しいあの《橘の君》は、成長して自分より美しい青年になっていることだろう。やはり算術は続けているのだろうか。大学寮の噂はときどき耳にするけれども、そのような美男が算術をやっているという話は聞かない……。

若狭の声が吉備を現実に戻す。

「そんなわけで、都に帰ってきたときには除目をいただくのにお力添えいただいた貴族にお礼を言わなければいけないし、できうるならば次の除目の推薦を確実にしておきたい――それでみなさん、都に戻ってきてもしばらくはあちこち忙しいのですよ」

吉備は難しい顔をした。

「何とも面倒くさいことですね」

いまも、清涼殿のほうへ目を向けると、しとしと雨の中に急ぎ足の男たちがあちこち歩いている。

「面倒くさいけれども、これがお仕事ですから」

「もう少し何かこう、簡単にできないのですかね」

「無理でしょうね」と中納言が眉を八の字にしてため息を漏らす。「案外、ああいうのを楽しんでいる人もいますから」

任官活動はいわゆる根回しで、言葉を換えれば裏の仕事だ。けれども、そのような腹芸が得意な人もいる。

周旋してやる側の貴族としても、苦労だと思えばそれまでだが、面倒を見てやった国司からの口利き料めいたものが副収入になるから、おいしい話だと思っている者もいる。

もちろん、自家の家人たちや代々の家臣筋ともなれば、国司への除目は自らの出世を支えてくれる基盤にもなるから、気合いを入れなければいけなかった。

少し冷えてきたので格子を下ろした。

視界から戻ってきた受領たちの姿が消える。

そのときだった。後宮で細々したお使いをしている女童が吉備たちのところへやって来た。蔵人の匡親が、吉備に用があるという。

「何でしょう……？」

「詳しい内容は伺っていません」

行ってみるしかないらしい。

中納言の八の字の眉がますます垂れた。

若狭も同行する。

匡親が待っていたのは、いつぞやの後涼殿の一角だった。

訪ねてみると匡親は何やら不機嫌な表情でこちらを待っていた。挨拶もそこそこに、

「あのぉ。何かまたうちの吉備がしでかしましたでしょうか」と若狭がおずおずと尋ねたくらいである。

「そういうわけではない。そういうわけではないのだが……」

匡親はしばらく雨の庭を眺めたり、頬をかいたり、上を向いたりしていた。

「どうしたんですか」

と吉備が質問したときである。

「すまん！」

突然、匡親が深々と頭を下げた。

「どうしたんですか⁉」

「すまんと言ったらすまん」

「匡親さまのほうがまた何かやらかしたんですか」

「やらかしてなどおらぬ。しかもまたとは何だ」

「それは、これまでのことですよ」

最初の出会い、薫物（たきもの）の件、絹の下賜、先日のお渡りの件。指折り指摘しようかと考えて、吉備はやめた。

ところが、匡親が言った。

「たしかに、あれからいろいろ考えてみたがまったくもっておぬしの言うとおりだった。だいたい俺のほうが間違っていたし、迷惑もかけていたと思う。気が緩んでいたのかもしれない。このとおりだ。許してほしい」

吉備が目を丸くする。

「あのぉ。何か悪い物でもお召し上がりになったのですか」

「なってない」

「では、近々都から遠地へ赴くことになったとか」

「赴かない」

見れば若狭のほうは口まで丸くしていた。

「あのぉ。別に私に謝らなくてもよいのではないでしょうか」と吉備。

最初の出会いの折に簀子の角でぶつかって痛かったが、それ以上の実害は被っていない。それ以外の事件は、主上の財だったり民の税だったりが絡んでくるから、どうせ謝るならそちらのほうにしていただきたい……。

すると匡親はそんな吉備の気持ちを見透かしたかのようにこう言った。

「おぬしのことだ。きっと謝るなら民にとか、主上にとか言うのであろう」

「はあ」図星だった。

「けれども国民ひとりひとりに謝って歩くわけにもいかないし、主上に直接お目通りして謝るわけにもいかない。だからおぬしに謝っておく。――すまなかった」

再び匡親が深く頭を下げた。

しばらくは呆気にとられてその様子を眺めるだけだった吉備だったが、急に吹き出した。

不意におかしくなってしまったのだ。

「ぷ。くすくす。あははは――」

頭を上げた匡親が目をすがめた。

「ばかにしているわけではありません。むしろ逆です」

「逆？」

「何だかとても楽しくなってしまって」と吉備が笑顔で続ける。「私、後宮とか内裏とかいうところは、みな得体の知れない人の集まりだと思っていました」

「まあ、半分は当たっているかもしれないぞ」

と匡親が皮肉げに頬をゆがめた。

「ふふ。毎日毎日忙しいし、細々した数字をごまかす人はいるし、みんな出世だ財だと目の色を変えているみたいだし、算術はやらないし――」

「最後のはどうかと思うけれども」と若狭が小さく突っ込んでいる。胡桃丸も、くーんと鳴いていた。

「あなたみたいに、自分の間違いを素直に謝る方がいたというだけで、私は救われたような思いがします。匡親さまはほんとうに素敵なお心の方なのですね」

吉備は何のてらいもなく、心の底からそう思う。だから、にっこりと微笑んだ。

突然、匡親がぎょっとしたような顔になって腰を引く。

「うげっ」鬼にでもあったように驚愕（きょうがく）していた。

「何ですか、その反応は」

「いや何でもない」

匡親は真っ赤である。

若狭が横で「えー？　これって……」とつぶやいているが、これってどれだろう。

胡桃丸がおなかを上にして転がった。

「とはいえ、匡親さま。これだけのためにきたわけではありませんよね」

と吉備が首をひねる。

「ああ、そうだ。実は……まあ、これはしかるべき筋からも当然話が行くと思うのだけれども、国司の入れ替わり――特に受領の出入りに伴って女官たちの人数が足りているかと思ってな」

「女官の数ですか。どうして私にお尋ねで？」

「数と言ったらおぬしが絡んでいると思ったからな」

女官だけではなく、女房たちの人数も気にしているらしい。

遥任の国司たちはともかく、実際に現地に赴く者たちの中には、本人ひとりで行く場合もあるが家族を伴っての赴任もある。その家族、つまり妻や娘が都では女官や女房をしている場合もあった。

そのため、国司が入れ替わるときには女官女房たちも多少出入りがある。

夫や父の国司に従って地方へ下る女官の欠員は、何らかの形で埋めなければいけない。

もちろん、赴任先から戻ってきた「元」女官女房たちが、再び宮中で働きたいと言ってくる場合もあったが、望んだ席が空いていないこともある。逆に、宮中のほうで戻ってきてもらえるかと考えていても、もう年を取ったからとか、子供が生まれたからとかの理由で出仕を断られる場合もあった。

内侍司の長である尚侍などは、主上の后への道になるときもあるので摂関家が独占し、欠員など絶対に出ようもないが、細々した勤めをする女官たちはそうはいかない。

たとえば女蔵人。特に針仕事を中心にしているが、主上、后、皇子から女王に至るまでの衣裳を作っている。あたりまえだが、暇に任せてというわけにはいかない。宮中行事で新調が必要になれば女蔵人たちが——足りなければほかの女官たちも——一斉に針仕事を行う。

「たしかに数と言えば私ですが……女官や女房の数までは把握してませんでした。——不覚」

匡親さま、変なことを教えてしまった、と若狭が小さく嘆いた。

「俺の親しいところでは、戻ってくる受領で出仕を勧めるような娘などはいないのだが、惟家さまのところの配、じゃなかった、あー、親族。惟家さま親族の中には女蔵人なりどこかの女房なりに出仕してもよさそうな人物に数人の心当たりがあるらしい」

「そうなのですか。ありがとうございます」

礼は言ったものの、このような事項は吉備の手に余った。吉備は内侍司の中ではいちばんの新参者。そのような立場の者が首を突っ込んでいい内容ではなかろうというくらいは、さすがの吉備も想像がついた。

簀子から軽やかな足音が聞こえてきた。

「あ、あの足音は」と吉備が聞き耳を立てる。匡親がそちらのほうに顔をねじ向けた。

「ああ。惟家さま」

こちらの局の前で惟家が立ち止まった。いつもながら耳に心地よい声だ。

「匡親が持ち場を離れてどこへ行ったかと捜していましたが、またこんなところで油を売ってましたか」

「そういうわけではありませんが」

と匡親がかすかに口を尖らせた。その反応に吉備は、おや、と目を見張る。今日の匡親はちょっぴり反抗的だな……。

「ほかにも誰かいるのであろう」と言って惟家が顔を覗かせる。雅で秀麗な面立ちも平生と変わらない。「これはこれは。算術姫と若狭姫でしたか」

白皙の美貌の蔵人からそのように言われ、吉備たちはそれぞれに反応を示した。若狭姫と呼ばれた若狭は、赤面しうつむいてしまっている。吉備のほうは算術姫などと言われ、両手を頬に当てて恍惚としている。

「惟家さま。算術姫っていうの、いいですね」

匡親が小さく舌打ちをした。

「惟家さま。あまり若い娘たちをからかってはいけません」

「からかってなどいませんよ。それに若いといっても同い年くらいではないですか」

「あ、私たちと同い年くらいだったのですか。よく私たちの年をご存じでしたね」

と吉備が尋ねると、惟家が少し言い淀んだ。

「あ、ええ。まあ。何となくですよ」

匡親はため息をつくと、話題を変える。

「私をお捜しとのことでしたが、何か御用の向きでしょうか。すぐ戻りましょうか」

「いやそれには及びません」と惟家がいつもの表情に戻った。「私もちょうど算術姫に聞きたいことがあったところなのです」

「私にですか」と吉備が自分の顔を指さした。

「ええ。実は、私の知り合いの受領が都に帰ってきたのだけれども、先行したはずの家人三人とまだ再会できないと嘆いているようなのです」

「人捜しでしょうか」算術、関係ないと思う。

胡桃丸も小首をかしげて惟家を見上げていた。

「人捜しといえば人捜しなのですが、まだ都に戻ってきた形跡がないのです」

「捜しようがないですよね」

「そもそもそんなことが算術として起こりうるものなのか、話を聞いてもらえればと思いまして」

吉備が目を輝かせた。

「おもしろそうですね」

頼みます、と惟家は軽く礼をして立ち上がった。

問題の受領を呼んでくるためだった。

やって来た男は大江国平（おおえのくにひら）と名乗った。

国平は、惟家の知り合いと聞いて想像するよりも遙（はる）かに年上で、もう四十の賀を済ませているそうだ。

実直そうな男である。

日焼けをした顔は健康そうで、決して美男子ではないが、活力のある働き者の顔をしていた。

「私の任地は上総国（かずさのくに）でございました」と国平が話す。若干、東国訛（なま）りが混じってしまっているように感じられた。「上総国には次の国司が決まり、私は四年ぶりに都に戻ることとなったのです」

国平は自分ひとりで任地へ赴いていたわけではなかった。そのため、帰京となれば、妻や娘たち息子たち、さらに家人に女房たちを伴った大所帯になったのである。

最初は天候にも恵まれ、旅は順調に進んだ。

足柄(あしがら)までは。

箱根路(はこねじ)もあったのだが、妻や娘、女房も連れての牛車旅。傾斜の緩やかな足柄路を選んだのだが、これが裏目に出た。

都に戻ればもう富士山をこの目で見ることもないかなとみなで話をしながら、足柄路を越えようとした辺りで、雨が降った。

雨は激しく、川は増水し、とても旅を続けられる状態ではない。

「そうは言っても、季節柄、そのようなことはよくある話なので、川を越えられぬまま雨のやむのを待ちながら、日を過ごしていたのです」

雨は数日でやんだが、川の増水が収まらない。

一日の足止めが二日となり、三日となり、やがて十日となった。

十一日目の朝、やっとのことで川の水が引き、道もなだらかになった。

『これは有り難い』

ということで、国平たちは荷物をまとめて出発した。

川を無事越え、足柄山も越えたところで、三人の家人がこんなことを言い出した。

『足柄山を越えるのにこんなにも日数がかかってしまいました。都では、国平さまのご帰京とその報告をいまかいまかと待っているはずです』

『まあ、そうかもしれぬ……』

『ならば、私どもが遅れがちなご家族の牛車をお守りしてあとから追いかけましょう。国平さまは一刻も早く帰京のご報告を』

そう提案してきたのだ。その家人たちは、国平が特に信頼していた者たちだった。足も速い。

『そうか。そうしてもらえると助かる』

と、うなずいた。

ちょうどこのとき、冷たい川風にやられたのか、国平の妻が熱を出し、ゆっくりゆっくり旅をしていたので、都に着くのがますます遅くなると予想されていたのだ。

こうして、三人の家人たちに妻と娘を守って旅を続けるのに必要な食料などを持たせると、国平たちは徒歩で先に旅立ったのだった。

『お任せを。北の方さまの熱は三日もすれば下がりましょう。病み上がりの北の方さまを乗せた牛車なので無理はできませぬが、何とかみなさまの十日を九日で行けるはず。どんなに遅くとも都では落ち合えるはずです』

ところが、である。

近江国を越えても家臣たちは追いついてこない。

違う道を通ったのかとも思い、そのまま都に着いたのだが家族も三人の家人たちもまだ都にたどり着かない。

箱根から一カ月半ほどかけて都に戻って方々の手続きを終わらせて十日。まだあとをついてきているはずの家臣らが都に到着した形跡がないではないか……。

「ご家族が心配ですね」

「ええ。それ以外にも——じ、実は」と国平が言いにくそうに打ち明ける。「あとから来る彼らのために、特別に私がお仕えしている藤原家の方から拝領した太刀を貸し与えているのです」

「あー。それは困りましたね」

「心中お察しします」と惟家が言うと、国平は脂汗を垂らして小さくなっていた。

「誠に申し訳なく、かたじけなく……」

胡桃丸がふと思い立って、若狭に甘噛みを敢行している。

吉備が小さく首をかしげたままの姿勢で質問した。

「その家人たちというのは、どんな人たちでしょうか」

「どんな人たち……？」

「まあ、家族を任せるだけの信頼ができるかどうかということなんですけど」

ざっくばらんに言えば、人さらいに豹変しそうな人物ではなかったかと尋ねているのである。

「それはもう……。地方に赴任したのはこれで三度目でしたが、最初からずっと一緒に私と地方に出向いてくれて、文句ひとつ言わずに一生懸命力を貸してくれましたから。そうでなければ、なぜに妻と娘の身を預け、さらには道、じゃなかった、藤原家のさるお方から拝領した刀剣を厳しい道中のためとはいえ、他人に持たせるようなことをしましょうか」

「なるほど」

と吉備が考え込む。若狭がもふもふした胡桃丸から甘嚙みされたままで、小さく手を上げた。

「あのぉ。そもそもの話なのですが、こういったことはどちらかと言えば、大きくは太政大臣さま、あるいは検非違使（けびいし）のみなさまの管轄で、私たちのほうではないように思うのですが……」

「そうかもしれないですね」と惟家が苦笑している。「けれども、これを太政大臣なり、検非違使なりに届け出たらどうなるでしょうか。国平は次の日から内裏で噂の的ですよ」

「若狭の言葉ではありませんけど、だからといって私たちが実際に助けに行くわけにもいきませんよ」

と吉備もつけ加えた。

そもそも、三人の家人を捜しに行くにしても顔も知らない。

「私が知りたいのは、あとから来るはずの彼らがほんとうに都に着いたのかということなのですよ」

「はい」

「つまりはこういうことですよ。——あとから急いで追いかけてくる家臣たちが、本来ならいつ頃国平どのに追いつくはずだったのかを教えてほしいのです。算術を用いて」

途端に吉備の眉が動いた。

「ほ、ほう」

吉備の口がうにょうにょしている。

「どうでしょうか」

「それでしたらば、私の専門です」

吉備が目を輝かせた。

さっそく、吉備は文机などのしつらいを局の隅に追いやると、床の上に大きな布を広げる。布には大きめの升目が書かれていた。

「これは何だい？」と匡親が尋ねる。

「算盤（さんばん）です。今回はちょっと複雑そうなので、算木（さんぎ）を置くために使います」

匡親が怪訝（けげん）そうに、国平が奇妙なものを見るように、惟家がどこか楽しそうに覗き込んでいた。吉備は懐から算木を取り出している。

「まず、国平さまがどのような道をたどったかをお聞きしますけど、東海道（とうかいどう）でよろしいのですかね」

この時代、主上の威光が及ぶ地域の行政区分は六十六カ国であり、それらを五畿七道でわけ、八つの塊にまとめ上げていた。

五畿とは大和（やまと）・山城（やましろ）・摂津（せっつ）・和泉（いずみ）・河内（かわち）の畿内国のことであり、七道は東海道・東山道（とうさんどう）・北陸道（ほくりくどう）・山陰道（さんいんどう）・山陽道（さんようどう）・南海道（なんかいどう）・西海道（せいかいどう）である。

「はい。大きな道となると東海道以外にありませんから」

「それを足柄山過ぎから都まで一カ月半かけて帰ってきた……」

「どうした」と匡親が心配する。

算木を並べようとした吉備があることに気づき、頭をかいた。

「……ず」

「え？」

「地図を貸してくださいっ」

吉備が要望するとつけ加えるように胡桃丸も匡親に吠えた。

しばらくして匡親が地図を持って帰ってくる。「何で俺が……」

吉備はじっと地図に見入っている。

足柄山を越えた辺りから都まではざっと七一七里（一里は約五三三メートル）。

それを四十五日で踏破したことになる。

吉備が算木を置き、舞うように手をひらめかせた。

算木がくるくると表情を変えていく。

国平たちの旅程は一日あたり十六里弱というのはすぐにわかった。

「だいたいそのくらいの速さで歩きました」と国平も言っていた。

片や家人たちである。

先ほどの話から十日の旅程を九日で消化する速さのはず。

つまり、国平たちが十日進む距離を九日で進めると言っているのだから、

十六かける十で百六十里。

これを九日で割るから、

百六十割る九で約十八。

家人たちは一日あたり約十八里進めることがわかった。

「これで計算できます」と吉備が宣言する。

またしても算木が舞い始めた。

国平の妻の熱が下がるのに三日、余裕を見て四日休んだとしよう。

つまり、家人たちは四日遅れで同じ道を急ぐ。

国平たちは四日進んでいるから、

十六かける四で六十四里先にいる。

家人たちはこの六十四里を追いつかなければいけない。

一日たった状態を考えよう。

国平たちは十六里先に進んだ。

家臣たちは約十八里先に進んだ。

よって国平たちと家人たちの距離は、

約十八引く十六で約二里縮まった。

国平たちに家人たちが追いつくのは、両者の距離が零にならなければいけないから、六十四割る二で三十二。
すでに四日たっているので、
合計では、四足す三十二で三十六――。

吉備が算木を離した。

「以上の結果から、国平さまたちが出発して約三十六日後には家人たちは追いついているはずです」

匡親がため息を漏らした。

「相変わらず、何かの術を見ているようだ」

若狭も同様にうなずいている。

「これは『旅人算』と呼ばれる計算です。旅人が追いつくのはいつか、あるいは旅人が出会うのはいつか、の二通りしかありませんから、簡単ですよ」

今回の場合は、もちろん「旅人が追いつくのはいつか」という問題だった。

地図を見ながら国平がうなった。

「それでは、近江国どころか美濃国(みののくに)で追いついていたかもしれない……」

「そうなりますね。それが算術としては正解です」と言ったあと、吉備は頭を抱えてしまった。

「どうしました?」と惟家が覗き込んできた。

いいえ、と顔を上げた吉備の鼻腔にさわやかなのに懐かしい香りがした。

庭からの外光を背に受けているので、顔のほうが影になっている惟家の姿が、記憶のどこかをくすぐる。

「大丈夫です。計算ではこうなったものの、ぜんぜん家人たちに会えていない状態に説明をつけるにはどうしたらいいのかと思って」

「あなたは算術でがんばってくれました。次は私たちの番です」

そう言って惟家が国平に向き直った。

「は……」と国平が恐縮している。

「もしかしたらお互いに気づかずに通り過ぎたのかもしれませんね」

「ああ……」

「近江国に入る辺りからは道もいくつかにわかれましょう」

「はい」

「家人の方々がほかの道を使ったために出会わなかったという可能性もあるのではありませんか」

「そ、そうかもしれません……」

国平が首回りを気にしたり、冠の角度を直したりし始めた。

「ひょっとしたらまた誰かが熱を出して倒れていたとか……」

「ああ。長旅ですから、そういうこともあるかもしれません……」

「そういうことならば、帰京が遅れているのもうなずけないこともないかもしれませんね」

あれこれ理由を並べ立てる惟家だが、どこか独り言のようだ。

「おろそかなりっ」

と吉備が指摘する。

「何がですか」

「だって、算術の結果ではずいぶん前に合流していないといけないし、仮に何らかの事情で気づかなかったりしても、家人の方々と国平さまの都への到着は一日くらいしか違わないはずですよ」

だから、もう十日も家人たちと合流できず、家族が戻ってこないというのはあまりにもおかしいのである。

「まったくでございます……」

と言いながら、国平は束帯をかさかさしつつ、うつむいている。

不意に惟家が小さく笑った。

「ふふ。だいぶわかりました。とりあえずこの件についてはここまでわかれば問題ありません。吉備どの、お世話になりました」

と丁寧に礼をして惟家が立ち上がった。国平も続く。

ふたりが出ていくのを、吉備たちはぼんやりと眺めている。

吉備は不服そうな顔をしていた。

「計算合わないのに……」

匡親がそんな吉備に声をかける。

「なあ、吉備どのよ」

「何ですか」吉備の機嫌は微妙によろしくない。

「そうかりかりするな。……先ほど惟家どのの顔をじっと見つめていたが、あれは何かあったのか」

「いいえ。別に」

すでに何があったか、忘れている吉備である。

「ま、まあ、ちょっとの時間だったのだがな」

匡親が何だか言いにくそうにしていた。吉備はしばらく頭をひねり、先ほどの状況を思い浮かべた。

「思い出しました。私が算術をするようになったのはずいぶん昔のことなんですけどね」

「おう」

「女童の頃、父に連れられてあるお邸に行ったときです。いまのような五月雨の日だったと思います。外遊びもできず、与えられた間で、ひとりで人形遊びをしていたのです」

「ほほう」

「そこにふらりとひとりの童がやってきたのです」

髪はみずらに結い、半尻姿。目は黒目がちでくりくりしていて、色白。頰はほんのり桃色で、やさしげに微笑んでいた。まるで物語から出てきたようなかわいい童だった。

外は相変わらず雨が降っていて、橘の小さな白い花がけぶって見える。

その童も橘の薫香の香りがした。

しとしとと雨降る見知らぬ邸、どこからともなく現れた美しい童――。

夢を見ているのかと、吉備は陶然となった。

吉備は思わず見とれてしまう。

『あなたは、お人形？　それとも橘の精？』

人形遊びをしていた吉備は自分がいつの間にか寝てしまって、いままで遊んでいた人形が動き出したのかと思ったのだ。

するとその子はちょっと驚いたあと、微笑んだ。

『どちらでもないよ』そう言うと童は思い出したように懐から何かを取り出した。『これ、知ってる?』

『知らない』

『これはね、算木っていうんだよ。黒い木と赤い木のふたつを使うの』

『ふーん。どうやって遊ぶものなの?』

『遊ぶものじゃないよ。これは算術に使うんだ』

『さんじゅつ?』

『この算木を使うと、世の中のあらゆる数を求めることができるんだ』

そう言って童は算木を使って計算をしてみせた。

問題は簡単だったと思う。

当時の吉備でも両手と両足を駆使すれば何とか解ける程度の数だったと思う。

けれども、童の使う「算木」なるものを使うと、瞬く間に解けたのだ。

童の小さくて繊細な白い指が算木を動かすたびに、数が変わり、計算が解けていく。

このとき初めて、吉備は算木と算術に触れ――魂を奪われたのだった。

爾来(じらい)、幾星霜。

吉備は算木を舞うように操るほどに算術に熟達したのである。

「そういわれがあったのか……」

と、目を眇めるようにして匡親がうなずいていた。

「そのときの童の半尻から橘の香りの薫香がしたのです。それが、とてもすてきで」

　匡親が鼻白んだような表情になる。

「結局、おぬしの算術好きは色恋沙汰だったのか」

「色恋……っ」吉備が絶句した。「そそそ、そんなのではありませんっ。私は算術が好きで――それは《橘の君》の姿はすばらしかったし」

「ほうほう。名前のわからぬ童を《橘の君》と名付けて慕っておったのか」

「いまそんな話はしていませんっ」吉備が叫ぶように言う。「《橘の君》が算術を教えてくれたのは事実ですけどっ。そのあと、律令で定められている算道の教科書はぜんぶ自分で読解して学びましたっ」

　吉備の言った教科書というのは、『孫子算経』『五曹算経』『九章算術』『海島算経』『六章』『綴術』『三開重差』『周髀算経』『九司』の九種である。すべて大陸からもたらされた算道書で、主として行政官に必要な計算事項――土地の広さの求め方から税計算――が網羅されている。それだけではなく、応用的な測量計算、円周率や球体積の求め方、天体暦算に至るまでの膨大な範囲が学べるのだった。

「おぬし、それは大学寮で学べる算道のほぼすべてではないか」

匡親のみならず若狭も驚き、あきれている。

「吉備、それを《橘の君》に会いたい一心で……？」

若狭の言葉に吉備が真っ赤になった。

「だから違うのっ。でも、《橘の君》のお名前を伺わなかったのもほんとうで。――そのときの橘の薫香の香り、雨が滴る橘の美しさだけが私の心に残って……」

そこから先の言葉は微笑みの向こう。そっと手を当てた胸の奥――。

そうか、と言うと匡親が立ち上がった。世話になった、と言って彼は出ていった。

・✿・✿・✿・

そのすぐあと、蔵人所にて。

匡親が戻ってくると、「匡親、匡親」と惟家が呼んでいる。

「何でしょう」

「ずいぶんぶすっとしてますね」

「は？」

「お気に入りの算術姫の顔を見に行って上機嫌になったろうと思っていたのですが、案外面倒くさい男ですね」

「だ……っ⁉」

惟家が匡親を隅に連れていく。

「何かあったのですか」

「別に。あなたこそいいんですか。あなたが席に着かないと誰も座れないんですよ」

惟家が苦笑する。「これは相当機嫌が悪そうですね」

「……吉備どのが算術姫になった経緯をご存じですよね」

「いや。知らないですね」

匡親はいらっとした。

同僚が不思議そうにこちらを見て歩いていくので、自制する。

「算術姫は幼い頃に、どこぞの邸の童から算木の手ほどきを受けてから算術に目覚めたのだそうですよ」

「算木の手ほどき……」と惟家が考える。「ああ、そうでしたか」

「思い出しましたか」

「ふふ？」

決定的なところでは答えない。出世がうまいのはこういうところか。

「そのとき、その童の半尻が橘の薫香をしていたそうで。《橘の君》と慕ってるようですよ」

「うちはみな橘が好きですからねえ。その何年も前の《橘の君》は恋敵としてなかなか強そうですね」

　のらりくらりとするのは匡親の性格には合わない。

「仕事ではあなたの下ですけど、それ以外では別にあなたの下にならなくてもいい」

「それはそうですね」

「最初に出会ったのは俺ですから」

「そうですね」と惟家は微笑んでいる。

　そういう余裕の態度がますますいらっとする。

「あの子におかしな依頼をするの、やめてくれませんか」

「おかしな依頼とは?」

「国平どののことです。あなたが締め上げればすぐに白状するでしょう」

「物事には順序がありますから。国平には自分の話の矛盾点をきちんと知らしめねばなりませんでした」

「だから。それはあなたがやればいいのでは?　無益な計算をさせて、何の意味があるのです?」

「無益ではありませんでしたよ」と惟家がかすかに目を細める。「あれでほぼ、矛盾が露呈していましたから」

「…………」

つ、と惟家が視線を外した。

「匡親は吉備どののどこが気に入ったのですか？」

ど真ん中の質問に匡親の頬が熱くなった。

「――いわゆる女官らしくないところです」

「女官らしくない？」

「万事そつなくこなす雰囲気ではない。むしろあぶなっかしい。けれども、算術の力は本物だし、その精進から生まれた独特のものの見方には学ぶところも多い」

「理屈っぽいですね」と惟家が苦笑する。「私もあの子は好きですよ。算術があろうとなかろうと」

匡親がぎょっとなって惟家を見た。惟家は微笑んでいる。

向こうの間から呼び声がした。惟家はその声に答えると、匡親の肩を叩いて間へ入っていった。

通り過ぎるとき、惟家の体から強く橘の香りがした。

・✿・✿・✿・

その翌日である。

惟家が国平を伴って後宮の吉備と若狭を訪れた。

「私のほうの手落ちがございました。家人たちは私たちの到着の一日前に都に着いていたそうです」

「え？」

吉備たちが耳を疑った。胡桃丸までもが首をかしげている。

「あのぉ。北の方さまたちは……？」

もっとも気がかりだったことを、若狭が尋ねた。

「妻たちは私がまだ帰っていないのを不審に思って、親戚の邸へ行っていたそうで……。昨夜、それも連絡がつきました」

と国平が額の脂汗を拭っている。

同行してきた惟家が涼しげな顔で、

「やはり家人たちは違う道を使ってしまったようです」

と言うので吉備は眉をひそめた。

「違う道を使ってしまったために巡り会えず、一日の誤差で都に着いたというのはわかりました。昨日の算術でもそんなふうに出ましたから」

「畏れ入ります」国平の顔色が悪い。

でも、と吉備が続けた。「それでも、五日も音沙汰がないって。しかも北の方さまですよね？　何かおかしくないですか」

国平がますます脂汗をにじませている。

惟家は国平を横目で見ながら苦笑した。

「まあ、北の方さまたちもご無事のようでしたし、家人たちも無事だった。家人たちに貸した太刀も無事だったとのことなので、もうこれでよしとしようと思っています」

はい、と国平が同意していた。

若狭はそういうものかなという顔で相づちを打っていたが、吉備は「はあ」と言いつつも納得していない顔をしている。

胡桃丸が背中を床にこすり、外では雀が鳴いていた。

しばらくして、惟家が小さく吹き出した。

「ふっ。この算術の姫はどこまでも食らいついてくるようですよ」

「食らいついてくるなんて……でも、何があったかは、気になります」

好奇心が胸でも頭でも渦巻いている。

国平がもう一度頭を下げた。

「これから話す内容は、くれぐれも内密にお願いいたします」

「はい」

「実は私には妻のほかに通っている女がいるのです」

いきなりあけすけな告白に、吉備は耳まで熱くなった。若狭も真っ赤だ。

「は、はあ……」

「受領の帰り、何年かぶりにその女のところへ土産を届けたいと思っていたのです。都に戻ってしまっては妻の目を盗んで女のところに行くのも難しい。妻が熱を出したものの軽い風邪だったので、家人たちと示し合わせて、私が先に都に帰ることにしたのです。もちろん、家人たちが違う道を使うのも知っていました」

「……案外ひどい人だったのですね。国平さま」

それこそ娘くらいの女官ふたりににらまれて、国平が小さくなっている。

「は。何とも……」

「続きをどうぞ」と惟家が無慈悲に促す。

「……妻たちは何の問題もなく都に戻りました。私は一日のずれを生かして女のところへ土産を届けたのです」

ところがここで誤算が生じた。

「家人たちが帰ってこなかったのですね？」

はい、と国平がうなずく。

「まさかと思いました。話をうまく作るために、藤原家のさるお方からの太刀を貸し与えていたのに、持ち逃げされたのではないかと」

「なら、最初からそう言えばいいのに」

と気まずそうに吉備が文句を言った。聞かされたくもない、変に生々しい話はしないでほしかった……。

「そのとおりです。最初から私にもありのままに相談していただければ、吉備どのに算術の骨を折っていただかなくてもよかったのです」

申し訳ございません、と国平が頭（こうべ）を垂れている。

「結局、家人の方々は……？」

「昨日の夜、戻ってきたそうです。太刀も一緒に」

「家人の方々は何をしていたのですか？」

気まずい流れだったが、真相にたどり着くまで絶対に許さないという気迫で吉備が質問を重ねた。何となく予想できなくもないけど……。

惟家が肩をすくめた。

「家人たちにも通う先があったのですよ」

「…………っ」

再び、若い女官ふたりは顔をうつむかせる。

惟家はふわりとした典雅な笑みで、「あなたの計算は正しかった。ありがとうございます」と告げると、国平と共に出ていった。

「……何か、すごかったね」

「大人の世界だったね」

吉備と若狭がそんな話をしながら局を出ると、匡親が立っていた。

「匡親さま」と吉備が言うと、不意に匡親が真剣な表情で彼女の顔を覗き込んだ。

「惟家さまに変なことされなかったか？」

「あ？　いえ？　何がですか」

「ほんとうか」

「ほんとうも何も——ねえ、若狭」

若狭がうなずくと、匡親は安堵の息を漏らし、こう宣言した。

「何かイヤなことがあったら俺に言え。必ずおまえを守ってみせるから」

吉備も若狭も目を丸くする。

足元で胡桃丸が吉備の衣裳の裾にじゃれついていた。

第四章

橘と桜と恋心

このところ吉備は多少、気持ちがもやもやしていた。

七月になって暦の上では秋になったものの、暑さでもうもうとしているのに。

先日の大祓では人形を入念に体にこすりつけたり息を吹きかけたりして心の塵と垢と汚れと穢れを追放せんとがんばったのだが、その功徳はあったのかどうなのか……。

彼女のすぐそばではほわほわの毛の胡桃丸が舌を出して暑さにあえいでいた。

「暑いね。胡桃丸」

と片付けものの手を休めて仔犬の頭をなでてやると、胡桃丸が小さく「くーん」と鳴いた。

胡桃丸とともに日陰に避難するが、暑いものは暑い。

そのうえ、暑さ以外のものが彼女の心に居座っていて、鬱々としていた。

「暑さには弱いの？」

と若狭が心配げに声をかけてくれた。

「大丈夫です」

嘘である。

何でもないことはなかった。

けれども「暑さには弱くない」という反論を心の中ですることで、「大丈夫です」という答えを嘘ではないと言い張っていた。

ふと思う。

自分は誰に何を言い張っているのだろう……。

もやもやの理由はわかっている。

『何かイヤなことがあったら俺に言え。必ずおまえを守ってみせるから』

という、匡親の一言だ。

その匡親はといえば、自分の台詞だけを残してさっさとどこかへ行ってしまった。

しかたがないので、若狭に助けを求めた。

『さ、さっきのって……』

若狭は真っ赤な顔で言う。『吉備のことを愛しく思っているってことだと思うよ』

「うわああああ」

突然、吉備が奇声を発した。

「ど、どうしたの。吉備?」

胡桃丸がびっくりして尻尾を後ろ足の間にしまっている。

「な、何でもないよ」

先日のやりとりを思い出しただけでこうなってしまうのだ。

「この前の匡親さまのことですか」

「うわああああ」

若狭がずばり口にし、吉備は再び奇声を発して文机をひっくり返した。

幸い、墨がなかったので被害は少ない。

「これだけ暴れられると、かえってこちらが冷静になりますよ」

と若狭があきれている。

「ううっ」

「さすがの算術のお姫さまも、恋の前には算木が動かない?」

吉備が苦悶の表情で、

「これが恋なの?」

「恋ではないの?」

吉備は三度目の奇声は堪えると、つややかな黒髪をかき上げた。

「私、匡親さまに恋してるのかな」

「そんなことは自分で考えてください。それとものろけですか」

「そうではないけど」

「以前も、匡親さまに面と向かって『好きです』と言っていたではないですか」

「あれは――」と吉備は声に詰まる。「親愛の情というか、胡桃丸がかわいいのと同じというか」

「……匡親さま、もふもふの仔犬と同列に扱われてかわいそすぎ」

「ううっ……」

とにもかくにも自分の気持ちを持て余しているのである。

恋なるものが算術ではどうにもならない相手であることくらいわかっている。

自分には算術しかないのに。

恋の歌人・小野小町（おののこまち）の歌は美しいかもしれないけれども、歌のなかでの月日の経過は計算に合わない。合わそうとすればそれは小野小町の歌ではなくなり、ただの駄作になってしまう。ただの駄作になった恋は誰にもつまらないものだろう。

匡親の顔が思い浮かぶ。胸がざわつく。けれども、すぐにほかの人の顔が思い浮かぶ。惟家（これいえ）の顔だったり、《橘（たちばな）の君》だったりする。

《橘の君》に会いたい。

幼い日に一度きりしか会わなかったあの人。

算術への道を開き、橘の香りを残して消えたあの人。

恋というなら、《橘の君》への想(おも)いのほうが、それっぽく思える。

　そんなふうにいろいろな人の顔が思い浮かんでは消えていき、誰へのどんな気持ちが本物なのかわからなくなってくる。

　わからないくせに、《橘の君》はいまどこでどうしているのかななどと考え出すと、それこそ何も手につかなくなってしまう……。

　そんなことを言うと、若狭は腕を組んでやれやれと息を吐いた。

「まだまだ女童(めのわらわ)のままですなぁ。吉備姫は」

「そういう若狭はどうなのよ？　好きな人とかいるの？」

　すると若狭は胸を張った。

「この若狭、『伊勢(いせ)物語』や『竹取(たけとり)物語』などで恋についてはばっちり学んでいます」

「……女童のままなのは一緒じゃない」

　ふたりは声を上げて笑った。胡桃丸も一緒に楽しげに吠えている。

　笑いを収めた吉備はふと思った。

「そうだ。お寺に行こう」

「何、その軽い気持ちは」と若狭が突っ込む。

「軽くありません」と吉備は咳払(せきばら)いをした。「やはりこういうときは煩悩退散です」

「煩悩、ねえ……」

胡桃丸が「きゅーん？」と首をひねっている。

「後宮で女御さまたちをお支えし、ひいては主上(しゅじょう)もお支えする内侍司(ないしのつかさ)である私たちが、恋だ何だとうつつを抜かすのは煩悩以外の何ものでもありません」

「言ってることはまともだと思うけど、普段から算術ばかりの吉備が言うと何か違和感を覚えるのは気のせいかな」

吉備はもう一度咳払いをし、背筋を伸ばして青い空を見つめた。

「ほら今月七月は盂蘭盆会(うらぼんえ)があります。釈迦大如来はおっしゃいました。生きている人間が仏法を学んだ功徳があればこそ、あの世で苦しむ諸霊に廻向(えこう)ができるのだと。盂蘭盆会に備えて精進です」

にわかに求道心を起こした吉備に、若狭は水を差した。

「盂蘭盆会の前に七夕(たなばた)があるよ。織女星と牽牛星(けんぎゅうせい)の恋の物語」

吉備は「煩悩退散」と叫んで耳を塞いだ。

そういうわけで、吉備と若狭は中納言に許可をもらって、寺で僧侶の講義を受けることになった。内裏では、五月の節会(せちえ)には『法華経(ほけきょう)』の講座を聞くのが毎年の習わしになっている。「せっかくなら違うお経の講義を拝聴したい」ということで、ふたりで意見を出し合い、東寺での『般若心経』の講義に行くことにした。

ふたりで牛車に揺られ、都の大路を行く……。

「東寺、よいお寺ですよね」

と吉備が言うと、若狭が小さく手を上げた。

「私、実は東寺ってまだ行ったことがないの」

「あら、ほんと？」

「すぐそばにある大きなお寺だから、いつでも行けると思っていつも何だか行かないできてしまって」

平安京の初期に、都の正門・羅城門の東西に東寺・西寺がそれぞれ建てられた。東国と西国への国家鎮護の願いと共に、都の東西——主上が内裏で南面したときの見え方で、東が左京であり、西が右京と呼ばれる——の王城鎮護の願いも込めて創建された。

時代が下って嵯峨帝のときに、東寺は弘法大師空海に下賜される。

空海は真言密教第八祖であり、日本真言密教においては開祖となる高僧である。

空海は自らが唐で修めた真言密教の根本道場とすべく東寺を整備し、教王護国寺の寺号をもって知られるようになった。

「弘法大師さまは、私の尊敬するお坊さまです」

「そうなの？」

「弘法大師さまは、ただ教えを説くだけではなく、満濃池の整備や綜芸種智院の創立もされたでしょ？」

それまで誰もが重要性を認識しながら成功しなかった讃岐満濃池の整備を、空海はたった数カ月でなしてしまった。

また、綜芸種智院というのは庶民教育のための機関である。東寺の東、左京九条にあったさる貴族の邸宅を譲り受け、創った。綜芸、顕教、密教、儒教の意味で、俗人であっても内典としての顕密の仏書と外典としての儒書を学べ、僧侶には儒書を教える場所をと空海は構想したらしい。

らしい、というのは空海入定後十年ほどで、弟子たちが協議して綜芸種智院を売り払ってしまったからだった。

いま、入定という言葉を使った。空海は百五十五年前の承和二年に入定し、高野山奥の院にて衆生救済のために禅定を続けているといわれ、日に二回、食事係の僧侶が空海に食事を捧げているという。

そのような高僧ゆかりの寺が東寺だった。

綜芸種智院が残っていてくれていたら、と吉備は思う。きっと自分のような算術好きの娘にも学問をたっぷり授けてくれたに違いない、と。

「偉いお坊さまだったってことは知ってるよ」と若狭。

「ほんと、そういう偉い方には御仏が特別にこの世での活動期間を十倍にしてあげる、とかないのかしら」

「ふふふ。おもしろいことを考えるのね」

「だって」もし空海が現役で活躍していたら、綜芸種智院はなくなっていなかったと思うからだった。

途中、七条辺りで東市を通り過ぎる。

ちょうど月初めで東西の市のうち、東市が開かれる時期だった。

「さあさあ、買ってってくれ、買ってってくれ」

「うちの干魚は最高だよ」

「帯ならうちのを見ていってくれよな」

賑やかな声に誘われて、牛車の物見をそっと開ければ、大勢の人が市を行き来しているのが見えた。

夏の暑さをものともしない賑わいは、人びとの生きている力そのもののようである。

うわぁ、と若狭が歓声を上げた。

「見て見て。吉備。おもしろそうなものがたくさん」

「うん。見てるよ。——あれはどのくらい売れるのだろう。いくらで仕入れていくらで売っているのかしら……」

市を見ながら吉備が独りでつぶやいている。市の賑わいよりも、市での流通のほうに興味があるようだった。

だが、懐から算木を出したものの、手で握ったままぶつぶつやる以上にはならない。

「こんなところで計算を始めないでよ？」

「もちろん。揺れる牛車では算木が崩れちゃうもの」

「……そっちの心配か」

やがて牛車が東寺に着いた。

広い敷地に大きな塔と講堂がある。内裏からも見える塔が目の前に立っているかと思うと、それだけでくらくらする思いだった。

壺装束という外出用の格好をして牛車から降りたときだった。

「ぐっ……‼」

急に吉備が苦悶の声を発した。

どうしてここにいるのだ、あの男は——。

どうしたの、と若狭が首を巡らせると、すぐに答えがわかる。

「ああ。匡親さまがいらっしゃいますね」

例の一件以来、初めて会う。

どういう顔をすればいいのか。

はっきり言って逃げ出したい……。

青色の装束の匡親も、こちらに気づいたようで、一瞬気まずそうな顔をした。

……そうなのだ。例の一件から初めて会うとはいっても、宮中で遭遇しそうになったことはあるのだ。

けれども、向こうもこちらに気づくや不意にいま来た方向へ帰っていってしまったり、目をそらして早足に去ってしまったり——。

早い話が匡親のほうが逃げ回っていたのだ。

そんなことされたら、こちらはどうしたらいいかわからないではないか……。

だが、さすがに寺で逃げ出すわけにはいかないようで、今回は素知らぬ顔を決め込んでいる。

その態度が、吉備にはいらっときた。

「ごきげんよう、匡親さま」

先手必勝である。だが、第二手は何も考えていない。無手勝流と言えば聞こえはまだいいが、単なる出たとこ勝負の破れかぶれだった。

匡親は吉備から声をかけられて跳び上がりそうになっていたが、顔だけは平静を装った。

「うむ。よい天気であるな」

「暑いです」

「うむ。よい暑さであるな」

　変な距離を取ろうとする態度に、無性に殴りたくなってきた。

それはあまりにもかわいそうなので、「胡桃丸、行け！」と抱きかかえてきた胡桃丸を解き放った。

「わんわん」

主の心を正確に読んだ胡桃丸が匡親の足を甘噛みする。

「うわっ、何だ」

慌てる匡親。動揺する若狭。呆然としている周囲。

「ふふ。あはは」吉備が快活に笑うと胡桃丸が匡親を解放した。「あー、いとをかし」

吉備は目に涙を浮かべて笑っている。

「一体何だというのだ」

匡親が文句を言う。

胡桃丸は吉備の横で、きりっとおすわりしていた。

「こっちの台詞です」

「何がだ」

「宮中で人を無視する」

匡親の頬が赤くなった。周囲が好奇の目で見ている。雰囲気から察するに匡親の同僚や友人だろう。

「無視していたわけではない。わけではないが……すまなかったな」

「そういう素直な匡親さまのほうがらしいと思いますよ。——さて、私たちは『般若心経』のご講義に来ましたのでこの辺で」

と若狭と連れだってその場を離れようとした吉備に、匡親が笑顔で声をかけた。

「そうなのか。実は俺たちも『般若心経』の講義に来たのだ。何でも内容がすばらしいと評判がよく、仲間内でも人気で」

「はあ、そうですか」

吉備は歩みを止めない。

「吉備って、意外と残酷なのね」と若狭が低めの声で言う。

「何か言った?」

「おまけに無自覚ときましたか」

「?」

吉備は講堂へ急ぐ。胡桃丸が続き、若狭も続いた。「何か、ごめんなさい」と若狭が匡親に謝っている……。

『般若心経』の講義が終わって、講堂の外へ出た。

西に傾きつつある太陽が白く強く輝いている。

壺装束の笠をかぶって残暑厳しい空気を胸いっぱいに吸っていると、講堂の外で待っていた胡桃丸がきゃんきゃん言いながら走ってきた。目を潤ませ、舌を出して、勢いよく吉備の胸に飛び込んでくる。

「胡桃丸ー。いい子にしてたかなー？」

吉備が抱き上げると、胡桃丸が彼女の顔をぺろぺろとなめた。

「難しいお話だった」と彼女のあとから出てきた若狭が嘆いている。

「私はおもしろかった」

『般若心経』は、経題を含めても二七六文字程度の短い経である。正式には『般若波羅蜜多心経』という。ここでいう「般若」とは御仏の奥深い智慧を意味した。「波羅蜜多」は悟りに到る方法なので、全体としては「御仏の智慧によって悟りに到るための重要な教え」と訳せる。

さらに『般若心経』については空海も生前に『般若心経秘鍵』という講義をしている。東寺の僧たちはその講義を学んでいるから、講義のそこここに弘法大師の悟りの香りは残っていたように思う。

もともと算術という頭の中であれこれ考える学問が好きな吉備である。智慧とか悟りとか抽象的なものを思考するのは苦ではない。

むしろ恋とかいう具体的な事案は苦手である。今日の講義の結論としては、やはり煩悩として切ってしまおうということだった。

「吉備はお経にも詳しかったのね、ふふふ」と、若狭が急に笑い出した。

「どうしたの？」

「吉備でも、お寺では敬虔な姿勢で臨むのね」

「それはそうよ」

講堂のほうを見れば、匡親たちが出てくるところだった。匡親が妙にげんなりしているように見えるのはなぜだろう。

若狭が続ける。

「いつものあなただったら、講堂の高さや広さがどのくらいだとか、柱の本数がどのくらいだとか、仏像の大きさや配置の比率とか、何でもかんでも算術の話にしてしまうでしよ？」

「私を何だと思っているのよ」

信仰心は大事だと思う。

「少なくとも、匡親さまのあわれさに気づかないくらいの鈍ちんだとは思う」

と若狭が極めて小さな声でつぶやいた。

「何か言った？」

「いいえ。別に」

「せっかくここまで来たのですから、お参りできるところは回っていこうよ」

と吉備が言ったときだった。

「ここには橘を植えたほうがいい」

橘、という言葉に敏感に反応した吉備がそちらを向く。

「いや、流行になってきた桜を植えるべきだ」

「流行なんて一時のことだろう。それより橘は魔を祓うと言われている。この東寺にふさわしいだろう」

「昔は『花』といえば『梅』を指していたが、近頃では『桜』になりつつある。みんなが好む桜をたくさん植えれば東寺に大勢の人が参詣に来るだろう」

見れば、中年の僧侶を挟んで寺の民数人がもめている。

「ちょっと行ってみよう」

と吉備がそちらに歩いていった。

「吉備。待って待って」と若狭がついてくる。

民たちの議論は続いていた。

「ここは橘で」

「いや、桜を」

と言っている男たちのところへ吉備が割って入る。

「何をもめているのですか」

民たちがぎょっとなった。突然の闖入者、それも明らかによいところに出仕していそうな若い女性から声をかけてきたのである。すべての議論が一旦停止してしまった。

その吉備の背後から、聞きなれた声がした。

「おまえ、自分が女だって忘れてないか?」

匡親だった。眉をひそめ、口をへの字にしている。

「ひどい言い方ですっ」

「あのな、男ばかりの寺で急に女に話しかけられた彼らの身にもなってみろ」

「あ」と吉備が自分のやったことに気づく。「ごめんなさい。後宮と勘違いして」

「……まったく。こいつはほんと、人の身になって考えないやつだから」

「匡親さま?」

「何でもない」と言った匡親が咳払いをした。「急におまえがこちらへ急ぎ足で近づいたから気になって来てみたらこれだ」

「はあ」

遅れてやって来た若狭が声をかけてきた。

「吉備。どうしたの。匡親さまも――」

匡親が胡乱な目つきで吉備に檜扇を向けた。

「こやつが寺の人びとの相談事に割って入ったんだ」

「言い方っ」と吉備が抗議するが、若狭は無視してその場の関係者たちに謝っている。

「いや、そんな。そちらの蔵人さまがおっしゃったとおり、急に若い娘さんから話しかけられて頭が真っ白になってしまいまして……」

と民のひとりが額をかいた。細身だが無駄な肉がひとつもない体だ。

「それで、何の相談をしていたのですか」と匡親があらためて質問した。

すると僧侶が後ろの土地を指した。色黒で筋骨たくましい。

「この土地に、何か木を植えようという話をしていて。橘にするか、桜にするかで決めあぐねていたのです」

「なるほどな」

土地の広さは縦十丈（約三十メートル）、横三十丈（約九十メートル）だという。

「何本くらい植えるのですか」

と吉備が口を挟んだ。

民が答えた。

「そんなもの、適当だよ。四隅には灯籠でも立てようかという話にはなっているけれども、あとは成長すれば適当に枝が重なっていいだろ」

「いや、そんなふうにしたらのちのち大変だから」と僧が困り顔で訴える。

「そんなのはそのときに枝打ちをすればいいんだよ」

「そういう問題ではなくて」

「それでいいんだって。俺たちは税の一環としてここで働くだけ。あとのことはあとのこと。むしろ何年か先の連中の仕事を残してやらないといけないいだろ」

　吉備の眉が動いた。

「おろそかなりっ」

と、衵扇（あこめおうぎ）で僧たちを指す。

「な、何だと？」と民がこちらをにらむ。にらんだものの、衵扇で顔を隠していない吉備の顔をまともに見てしまい、二の句が継げない。

　顔、顔、と若狭が袖を引いていた。あ、と思ったが、もはや引っ込めない。内侍司で顔を隠さずに作業をしている癖が出てしまったのだ。

「やれやれ。また始まった」と匡親が頭を抱えた。

　あとに引けない以上、突撃あるのみである。

「算術できちんと計算すれば無駄なく木を仕入れられ、植えられるのです」

「はあ？」と民があらためて吉備にすごむ。

「こっちこそ『はあ？』ですよ。あとで枝を切ればいい？　木だって生き物です。こっちの都合で切り刻まれてうれしいわけないでしょう。先ほどの『般若心経』のご講義でも、智慧の大切さが話されていました」

民が笑う。「あいにく、俺はそんな小難しい話が聞けるような頭はないんでね」

後ろの何人かも一緒になって笑っていた。

吉備はさらにかちんときた。

「だったら私がわかりやすく教えてあげますっ」

そう言って吉備は先ほどの民の耳をつまみ上げた。

「いててて。何しやがるッ」

民が怒りの声を上げるが、吉備は無視。

「吉備っ⁉」

「おまえ⁉」

若狭と匡親が仰天している。

「いいですか。人間が寝起きするのに最低限の場所がいるように、木々だってちゃんと場所を考えて植えないといけないんですっ」

「いてえ。いてえって！」

「木々を植えるにもその木にふさわしい場所に植えてあげる。それを見抜くのも広い意味での智慧の始まりです。そうであってこそ、弘法大師さまゆかりのこの東寺の土地を無駄にせず、またお布施も無駄にしないというものではないですか」

そう言って吉備は懐から算木を取り出した。胡桃丸が楽しげに尻尾を振っている。


まず。灯籠を置くところの列を吉備は考えた。

「橘はどのくらいの間隔で植えるものなのですか」

「まあ、二丈くらいかな」

「桜だったら？」

「三・五丈くらいだろう」

吉備は先に、橘でぜんぶ植えた場合を考えることにした。

「灯籠のないところを横に三十丈、ぜんぶ橘を植えたとします」

すると、一本植えるごとに二丈の間を空けなければいけないから、
三十割る二で十五。

しかし、これは橘と橘の間の数。

最後に一本植えなければいけない。

つまり、橘の木は十五足す一で十六本が必要になる。

吉備の手が日の光を受けてきらめき、算木がくるくると踊る。

「次に灯籠が両端にある場合ですけど、これはさっき求めた橘と橘の間の数から一を引けば求められます」

「どうしてだ」と匡親が尋ねた。

「図を書いてみてください」

灯籠が両端にある場合は十五引く一で十四本必要になる。

吉備はさらに、橘の列が何列できるかも計算した。

「要するに、縦には何本植えられるかを計算すればいいの」

先ほどと同様に計算をする。

橘同士の間隔の数は、十割る二で五。

だから、灯籠がないところでは、縦は五足す一で六列植えられる。

灯籠のあるところでは、縦は五引く一で四列植えられる。

「だからこの敷地全体に橘を植えるとしたら」

十六かける六で九十六本。

ただし、四隅の灯籠を除くから、九十六引く四。

つまり、九十二本。


「桜について考えると」

と、同じような説明をしながら算木を操る。

優美な算木の舞を披露して答えを出していく――。


約九本かける三で二十七本。

同様に四隅の灯籠を除けば、二十七引く四。

つまり二十三本。


「橘か桜かでだいぶ本数が違ってきます。その辺りを考えて植えたほうがいいですね」

と吉備が言うと、僧や民たちは感嘆した。

「ほおー」

「こんなにも数が違っているのか……」

「桜は大きくなりますからね。もちろん、それぞれを半分ずつ植える、なんていうのもありですよね」

算木をそそくさとしまいながら吉備がつけ加える。

「どうやら今回はこのくらいで終わりそうだな」

「そうですね。よかったです」

と匡親と若狭が安堵したときだった。

「待ってください」と中年の僧が吉備に声をかけたのである。

「何でしょうか」

「あなたはこのような算術をどこで学ばれたのですか」

吉備は微笑んだ。「独学です」

「独学……」

匡親が口を挟む。「独学とはいえ、こいつは算道の教科書九種をぜんぶ修めてる」

おお、と僧たちがどよめく。

誇らしさ半分、気恥ずかしさ半分で吉備はその場を去ろうとした。

「お待ちください」と僧が再び声をかけた。

「はい」

「そうすると、たとえば、橘と桜を半分ずつ植えるとかいう計算も」

「できますよ」

「灯籠のある外周のうち、縦二カ所横一カ所だけは橘にして、残りを桜にするとかも」

「もちろん計算できます」

おお、とまた僧たちがどよめいた。

僧と民が申し合わせたように頭を下げる。

「お願いします。その算術の力でここに木を植える指揮をとってください」

さすがの吉備もこれには面食らった。匡親と若狭が眉をひそめている。胡桃丸だけが楽しげに吉備の足に首の辺りをこすりつけていた。

参詣の人びとが何事かとこちらを見ている。寺のどこかで読経が始まっていた。

翌日から、吉備は東寺に通い詰めるようになった。

僧たちから頼まれたとはいえ、最初、事情を聞いたときには中納言は軽くめまいを覚えたようだ。それはそうだろう。何しろ、一女官が真言密教の大寺院である東寺の造園の指揮を頼まれたのだから。

しかし、どこをどう通ったのか、内侍司の長である尚侍（ないしのすけ）から正式に「東寺の造園の助言をされたし」との命が下ったのである。

　吉備はやる気満々である。

　彼女がやる気満々ということは、若狭がそばにいて抑える役目だということである。

「わが算術にかけて、がんばります」

　と吉備の鼻息は荒い。

「平安京遷都初の珍事です。何事も穏便に行きましょう」

　と若狭の眉が八の字になっていた。

「何事も最初は奇異に見られるものです。弘法大師空海さまも『虚しく往きて実ちて帰る』――虚しく何もなく唐の国に渡ったが、悟りの智慧で満ち満ちて帰ってきた、と。初めのうち、周りの目は冷たく虚しくても、完成すればみなが納得するでしょう」

　そう語る吉備の保護者はもうふたりいた。

　蔵人の匡親と惟家だった。

「惟家さま」と吉備が東寺の敷地で小走りに駆け寄った。胡桃丸もならう。

「やあ、算術姫。それに胡桃丸」

　と惟家は胡桃丸を持ち上げて頬ずりする。

「惟家さまもこちらに？」

「ええ」と惟家が胡桃丸を抱っこして微笑む。「あなたたちに危害が加えられたりしないように。民の中には気の荒い者もいるかもしれませんから」

その惟家の後ろで苦虫を嚙みつぶしたような顔をしているのが匡親だった。

「おまえ、ほんとうに変わってるな」

「義を見てせざるは勇無きなり、です」と吉備。

匡親がため息をついた。

「おまえの言うことにはまったく文句のつけようがない」

「あら。そんなふうに言ってもらえるなんて……」

少し意外な気がした。文句のひとつも言われると思ってたのだ。

「しかし、俺にも言いたいことはある」

「やっぱりね……」

と吉備が口をへの字にすると、惟家が苦笑している。

「大丈夫ですよ。こいつは口は悪いが根はよいやつですから」

「さすが、惟家さまは大人ですね」

匡親が不機嫌そうに咳払いした。

「後宮では早速噂になっているらしいからだぞ。まとめてしまえば、女官が土木工事の指揮をとるなんて、とな」

「はあ」と吉備が気の抜けた声を発した。「弘法大師さまも言われましたでしょうね。満濃池の土木工事、坊主ごときにできるものか、と」

「……っ」

吉備は壺装束姿で僧たちに挨拶をしに向かった。

「みなさま。よろしくお願いします」

おう、という男たちの声が返ってくる。ただひとり、最初に吉備ともめた民だけはそっぽを向いていた。恒火(つねひ)という男だった。

吉備は吉備で恒火を無視すると、彼女に依頼してきた僧――弘智(こうち)が挨拶してきた。

「吉備どの。こちらこそよろしくお願いします」

がんばります、と吉備はさっそく懐から算木を取り出した。

吉備の武器は算術である。

だがそれは、並の貴族でも理解を超えた知恵であり、ましてや民たちには秘術奇術以外の何物にも見えないようだ。

「ずいぶん変なことやってるのだな」

と垢じみた顔を近づける者もいる。

「変ではないですよ」と言いながらも、吉備は算木を操る手を休めない。

弘智が頭で思い浮かべた組み合わせで植えられるかどうか、植えた場合どのような配置になるのかを何度も計算していた。

だいたいこのような感じ、と絵で描いてみせられればいいのだが、あいにく絵はあまり描いたことがない。そもそも紙も絵具も貴重品で、算木のように繰り返し使うわけにはいかないという事情もあった。

絵の代わりに、と黒の算木を橘に、赤の算木を桜の木に見立てて、足元に並べて想像の助けにする。

計算が決まらなければ仕事がない民たちが、吉備をからかおうとすると匡親がにらむか、惟家が微笑んでやめさせていた。

「変わった女官だな」と民たちは背中を向けてくすくす笑っている。

かっとなった匡親が何か言おうとしたが、惟家が制した。

「もう少し待ちなさい」

計算だけで一日が終わった。

二日目の午後、やっとのことでそれぞれ何本ずつ植えるかの計算が決まった。

吉備の頰が紅潮している。「大変だったね」と若狭が労をねぎらうと、吉備は首を横に振った。

「楽しかったよ。『孫子算経』の問題みたいで」

「……何それ」

「算道の教科書のひとつ。有名なのは雉兎同籠」

と言って、吉備が漢文を暗唱した。

今有雉兎同籠
上有三十五頭
下有九十四足
問雉兎各幾可

（いま、同じ籠の中にキジとウサギがいます。

上を見ると頭が三十五あります。

下を見ると足が九十四あります。

何羽のキジと、何匹のウサギがいますか？）


後の世では「鶴亀算」と呼ばれる計算であるが、若狭には難しかったのか、きわめて難解そうな表情で固まっている。

簡単だよ、と吉備が算木を手に若狭に説明をしようとしたときだった。

「よし。さっさとやっちまおうぜ」

と恒火が土を掘り始めた。

途端に吉備が声を上げた。

「そこ。そこはもう少しまっすぐにしないと、きれいに植えられません」

当然、民たちがいい顔をしない。

「これでまっすぐなってるよ」

と恒火が言い返すが、吉備は引かない。

「なってません」

「なってると言っているだろう」

「なってないったらなってないんですっ」

吉備は猛然と立ち上がると、弘智から麻紐（あさひも）を借りる。こちらを持っていてください、と弘智に麻紐の端を持たせると、そのまままっすぐに伸ばす。いまの民が掘り進めていた畝（うね）は麻紐から離れていっている。

「…………っ」

「まっすぐではないでしょ？　いくら計算をきちんとしても、それが実行されなかったらまったく意味がないんです」

吉備が指摘すると恒火は実にイヤそうな顔をした。

と、不意に恒火が道具を地面に投げ捨てる。

「女のくせにぐだぐだ口出しするなっ」

恒火が吉備に飛びかかった。あぶない、という匡親の声が聞こえたように思った。

吉備は男の一撃を想像して両目をかたくつぶってしまう。

そのときだった。

「いて、いててて」

「乱暴狼藉をするなら、このまま検非違使へ引き渡すぞ」

目を開けると、惟家が冷たい眼差しで恒火の腕をねじり上げていた。

「惟家さまっ」

「大丈夫か。吉備どの」

「はい」

匡親よりも遠くに立っていたはずなのに……。

「内裏からの使者として来ている吉備どのへの狼藉はそのまま主上への狼藉と見なす。よいな」

普段とは違った厳しい物言い。吉備は見とれてしまった。

惟家が恒火を解放すると、その恒火をたくましい男が支えた。

「あ、秋遠の兄貴……」

秋遠と呼ばれた男は見たところ三十歳過ぎ。腕が太く、胸板も厚い。目つきが鋭いが、これまであまり言葉を発した記憶がなかった。

秋遠は無言のまま恒火の頬を思い切り殴りつけた。

え、と吉備が目を丸くする。

殴られた恒火は吹っ飛んで地べたにしりもちをつき、信じられないものを見るように秋遠を見上げている。

「兄貴……？」

「俺たちはお大師さまの寺で仕事をすることに誇りを持っている。女のくせになどとほざいて、半端な仕事をするやつに、俺たちの誇りを汚されたくはないのだ」

「……っ」

すると秋遠は惟家と吉備のそばに歩み寄ると深く頭を下げた。

「心得違いの愚か者が大変失礼しました。お怪我(けが)はありませんか」

「あ、はい……」と吉備。

「ここは私の顔に免じて、丸く収めていただけませんでしょうか」

吉備がどうしていいかわからず、惟家を振り返る。

「わかりました。こちらとしてももめ事を起こしたいわけではありません。共に弘法大師さまの東寺をすばらしくしたいだけですから。ただし、この吉備どのの意見は尊重してください」

「承知しました」

秋遠が顎で指示をすると、再び民たちがひとりひとり吉備に頭を下げた。不承不承ではあるが恒火も同じようにする。彼らの態度にどこかおろおろしてしまった吉備だったが、惟家がやさしくささやいて励ました。

「みんな、ほんとうはあなたの算術に感心しているのですよ」

秋遠がにやりと笑って頭を下げる。黙っていると怖そうだったが、こうして笑うととてもやさしそうだった。

ほかの男たちも気恥ずかしそうに笑っている。恒火だけはまだそっぽを向いていたけど。

ね、と惟家がもう一度ささやくと、吉備は何度もうなずいた。頰が熱い。

続けて惟家が匡親に命じた。

「弘智どのに案内してもらって、秋遠どのたちの食事の用意の際に、私たちのぶんも一緒に作ってもらってください」

「え？　俺たちのもですか」

「もちろん。材料が足りなければ市で仕入れてください」

「あの、惟家さまも、ほんとうに一緒に？」

「一緒に働いているのですから、一緒に食べましょう。——ね、算術姫？」

「え……」

と戸惑いの声を発すると、惟家が彼女だけに聞こえる声で小さく教えてくれた。こういう男たちは一緒に飯を食べると案外仲良くなれるものですよ、と。

そういうものなのか、と思う一方、上品で清げな惟家がそのような下情にも通じていそうな様子に、吉備は意外な一面を見る気がしてどぎまぎした。

「たしかに。みんなで一緒のご飯もいいですね。うん。それがいいですね」

匡親がしかめっ面で弘智に相談をしに行った。

その後ろ姿を見ながら、吉備はふとあることを思い出す。

「——惟家さまは先ほど〝秋遠どの〟とおっしゃいました。庶民でも呼び捨てにされないのですね」

惟家はちょっと驚いた表情になったが、すぐに苦笑した。

「いまは私が貴族であちらが庶民ですが、そもそも釈迦大如来のまえでは同じ仏子です。だから、どんな人に敬意を払っても間違いではないと思います。前世ではあちらが貴族で私が庶民だったかもしれませんし、あるいは来世において逆転するかもしれませんからね」

「……そういうの、何かいいですね」

「そうですか？」

「そうですよ」

作業を続けましょう、という惟家を見ながら、吉備はとうとうつぶやいてしまった。

かっこいい……と。

仕入れてきた食材はそれぞれ、寺の僧坊で煮炊きをしてもらう。

「さあ、飯ができたぞ」

と惟家が声を張った。

大量に用意された玄米のふくふくとした湯気の香りに、民たちが、

「これは……」

と目を見張った。

「あわもひえも入っていない」

「こんないい米、久しぶりだ」

男たちが玄米を山盛りによそう。

さらに大鍋にはわかめの汁物が、これまた温かな湯気を漂わせている。貴族なら醬(ひしお)を使うところだが、塩だけだ。変な贅沢(ぜいたく)を覚えさせるのはよくないだろう、との惟家の配慮だった。

その惟家が汁物を自ら一人ひとりについでいる。

「い⁉ 何してるんですか⁉」と匡親が目をむいているが、惟家は作業をしてくれた男た

ち一人ひとりに「ご苦労」と声をかけながら汁椀を渡していた。

男たちのほうが恐縮している。恒火など震え出しそうになっていた。

曲がりなりにも惟家は蔵人のひとりのはずだ。蔵人とは主上回りの補弼をする者たちのこと。その惟家が東寺で作業をしている男たちに汁をよそうというのは驚くべきことだった。

さすがに吉備と若狭も呆然と見ている。

だが、ひとりだけ、秋遠は惟家から椀を受け取ると、丁寧に頭を下げ、「ありがとうございます」と落ち着いた声で返していた。

「こちらこそ。あなたのおかげで作業がまとまって助かりました」

「とんでもない。俺は、自分の役目を果たしただけ。礼を言うのはこちらです」

少し遅れてまた潮の香りのするものが運ばれてきた。塩漬け鰯を焼いたものだった。

すると惟家が吉備に声をかけた。

「私だけでは手が足りません。よければ、手伝ってくれませんか」

「え？　私ですか？」

珍しく吉備がすっとんきょうな声を上げた。

ひとり一匹です、と惟家が微笑んでいる。そこまでしてもらっては、と秋遠がやや困惑気味に自ら焼いた鰯に手を伸ばそうとした。

――なるほど。そこまでしてやれということか、と惟家の微笑みを解釈した吉備が鰯を配り始めた。

「作業、お疲れさまでした」

これにはさすがの秋遠も赤面するしかなかった。

庶民の普通の食事は一汁二菜。かぶの塩漬けを弘智が寺から用意してくれて、体裁が整った。

男たちの配膳が終わると、惟家が弘智に声をかけた。

「弘智どのも一緒にいかがですか」

「出家の身なので鰯はいただけませんが、米と汁でご相伴にあずかりましょう」

さらに自分たち四人のぶんの膳も用意すると、惟家は地面にそのまま腰を下ろした。

貴族たちの食事は足のある膳に盛られるものだが、人びとの食事は足のない折敷(おしき)に並べ、それを地につけて食べる。惟家も匡親も、さらに言えば吉備も若狭も、今日は折敷を使う。

「では食べよう。――いただきます」

と惟家が言うと、男たちがうねりのように「いただきます」と返した。

「吉備どの、若狭どの。形だけでもいいからな」

と匡親なりに気を遣って小さく声をかけてくれる。若狭は、はあ、とうなずいていたが、吉備はぜんぜん違った。

「何を言っているのですか。みんなで食べるごはん、おいしいではないですか」

と玄米に箸をつけた。

匡親が頭を抱える。「おまえ、ほんとうかよ……」

「おいしい。若狭も食べよ?」

秋遠や恒火をはじめ、男たちがまさに奇異なものを見る目つきになっていた。

「おまえ……変わったやつなんだな」

と恒火が吉備に声をかけた。吉備は塩味の汁のわかめをもしゃもしゃ嚙んで飲み込むと、

「そうですか?」

「高貴な貴族の女ってのは、男と飯を食わないものじゃないのか」

「私、別に高貴ではないですし」

「……………」

「それに、惟家さまもなかなかだと思います」

「たしかに……」

恒火が頭を左右に振る。男たちに哄笑(こうしょう)が広がった。

鰯の身は、温かくておいしい。脂ののりもなかなかだった。

その鰯を頭からかじった秋遠が、弘智に言った。

「……準備してくれた橘の木だが、二本はものがよくない。せっかくだが代えてもらって

てくれ」

「そうなのですか」と弘智が聞き返す。

秋遠が玄米を頬張った。「木のことなら恒火が詳しい。交換するとき立ち会わせてやってくれ」

「は、はい。わかりました」

と弘智が言うと恒火がにやりと笑った。

「恒火だけじゃない」と言って秋遠がほかの男たちの強みを教えてくれた。ある者は土作りに長け、別の者は細工物を作るのに長け、さらに別の者はとにかく力が強かった。「俺は木を切ったり、柱を立てたり、そういうことがことのほか得意だ」

「ふむ。どうしてそんな話をしてくれるのですか？」

と惟家が箸を休めて質問する。

「……俺たちは税としてここで働いている。ほかのところでなくて寺だっただけでも有り難いと思っている。そのうえ、あなたやそちらの算術の姫さまは、俺たちを対等に扱ってくれた」

一緒に食事を取ったのもそうだと言うのだろう。

「ふむ……」

秋遠は地面を見ながら低い声で言った。

「もしかしたらこの仕事が終わったらこれっきりで二度と俺たちは会わないかもしれない。でも、俺たちはこういう男たちだったのだと、なぜか覚えておいてほしいような、そんな気がして」

ありがとう、と惟家も地面の膳に目を落としながら、答えた。薄く微笑んでいる。それが吉備には不思議と美しく思えた。

何だか、こういう関係に交じりたい……。

「はい」と吉備は手を上げた。「私は女官の吉備と申します。算術が得意です」

「知っている」と秋遠が片方の頬を持ち上げる。

男たちが再び声を上げて笑った。

こうして吉備は作業をする弘智や民たちと一緒の食事を取り、一緒に汗を流し、時に本気で怒鳴り合って作業を進めていた。

三日ほどたった頃である。

一台の牛車が東寺にやって来た。

なかには主上の使者が乗っていた。

「東寺を聖俗が力を合わせて、さらには内裏の人間も手伝って桜や橘を植えようとしていると、主上がお聞き及びになられた。算術を駆使してもいるとか。花の季節ではないが、一度そのありさまを目にしたいと主上の思し召しである」

しかも定子も一緒だという。

喜んだのは僧や民たち。彼らに混じって諸肌を脱いで働いていた匡親や惟家は真っ先に顔をしかめた。

「惟家さま。これはまずくないですか」

「よろしくないですね」

「よろしくないのですか」

と吉備が尋ねると、匡親が「すぐにわかる」と答えた。

匡親と惟家のつぶやきは使者が戻っていくとすぐに現実化する。

右大臣とそのお付きの者たちがさっそく東寺の造園現場にやってきたのだ。

「畏れ多くも主上がお運びになる。万が一がないようにこの藤原右大臣為光が監督する」

主上の行幸の知らせで途端に位の高い貴族が介入してきたのである。

「これはこれは」と弘智が対応した。

もちろん、右大臣が土を掘ったり木を運んだりはしない。

だが、口は挟んできた。

「この造園をしているのは誰か」

「はい。私が寺の担当です」

弘智は外で作業をする若い僧だ。伽藍の前に豪華な袈裟衣で座っている高僧ではない。

だからか、右大臣は軽く開いた檜扇を口元に当てつつ、弘智を無視した。

「ふむ……。東大寺長者どのはおられるか。少し話がしたい」

と寺の中へ入っていく。

右大臣が、じっとりとした目で吉備を見ていた。

「何だろうね」

と吉備が不快感を露わにしている。若狭は顔を伏せてやり過ごしていた。

右大臣が行ってしまうと匡親が惟家をせかし始める。

「惟家さま。あなたは内裏に戻ったほうがいいのでは」

「そう思うか」

「ええ。主上の行幸となってきたら、蔵人は忙しくなる」

「それを言い出したらおぬしも戻るべきだ」

その会話が聞こえたのか、吉備が声をかけてきた。

「おふたりは内裏に戻ったほうがいいと思います」

「吉備どの……」と惟家が眉をひそめた。

「私は右大臣さまに面識がないですから、変わった娘くらいで済むでしょうけど、おふたりは蔵人として顔が知られているのですよね？　戻ったほうがいいです」

何度かやりとりがあったが、結局、右大臣が戻ってくる前に吉備の言葉に従って惟家だけではなく匡親も内裏に戻ることになった。

これまで作業をしてきた男たちは少なからず落胆した。彼らも惟家や匡親が気に入ってきていたのだ。

惟家たちがいなくなってすぐ、右大臣が戻ってきた。

「この場所の仕上がり予想は誰が知っている？」

右大臣の質問に吉備が手を上げた。空いている手では衵扇を広げて顔を隠している。

「私が……」

「おぬしがか？」と右大臣がねめつけた。

「はい。こちらの方が計算をし、どこに橘を植え、桜を植えるかを決めてくださいました」

と弘智が説明すると、右大臣はますます顔をしかめる。

「噂で内裏の女官らしき者が絡んでいると聞いていたが、まことであったか」

「内侍司の吉備と申します。『般若心経』のご講義の帰りにたまたま立ち会い、これも御仏のご縁とご協力差し上げています」

「なるほどな」と右大臣がひげをなでる。「どんな協力をしていたのかね」

「橘と桜の木の植え方を算術で導きました」

「算術……」と繰り返しながら、右大臣は目を眇めた。「それで、どんなふうに植えるつもりだったのか」

「それについては私のほうでお願いしました」と弘智が間に入った。「橘も桜も、植えるときはまだまだ小さい。けれども大きく育ったときに大勢の人を楽しませることができるように、吉備どのの算術で丁寧に考えていただきました」

弘智が右大臣を造園地に案内して、どんなふうに植えるのかを説明していく。しばらく黙って聞いていた右大臣だが、話の終わりの頃に左手を上げて弘智を遮った。

「それでは主上がおいでになるときには、小さな苗木がぽつぽつ植えられているだけか」

「左様でございます」

険しい表情で右大臣が言う。

「それはいかん」

「え？」

「主上がおいでになるのだぞ。しかも、女御さまもご一緒だ。そのときに枯れ枝のような苗木がわずかにあるばかりではどうしようもないではないか」

思わず吉備は弘智と顔を見合わせた。

「あのぉ。木を植えたばかりというのは、そういうものではないかと」

と吉備が言うと、右大臣は明確にむっとした。

「そんなものはわかっている」

「え？」

「主上にそんなものをご覧いただくのか？　何かこう、もっと華やかにできんのか」

「華やかって、そんな――」

「枝に花がついている苗木を探せ。それでダメならこの辺りの地面に芝桜でも何でも、花を植えるのだ」

弘智が困っている。秋遠たちはただ成り行きを見つめる顔をしている。

「花を植えろって、どこから取ってくるんですか」と吉備。

「野山から取ってくればいいだろう。ほら、そこにちょうど民どもがいる」

秋遠たちは軽くうつむいた。その表情はどこか諦めたような、しらけた顔になっている。

吉備の中で何かが叫んだ。

違う。違う。

一緒に作業をしていた秋遠たちはこんな顔をしていなかった。

作業中も、一緒にご飯を食べたときも。やり方が合わなくて吉備や匡親と言い合いになったときも。一日が終わって、また明日と手を振り合うときも。

「右大臣さま――」

と吉備が大きな声を上げようとしたときだった。

「大臣さま、畏れながらもうこの季節では芝桜は無理です」

秋遠がぶっきらぼうに声をかけた。

「秋遠どの」と言う吉備の声に、秋遠は小さく首を横に振った。

右大臣の顔がゆがんだ。

「何だと？　だったらほかの草でも花でも持ってこい。それでもダメなら、あれだ、もっとたくさん苗木を植えてもっと賑わいを――」

「畏れながら、そんなことしたら木が大きくなったときに枝がぶつかり合って切らなきゃいけなくなります」

そう声を上げたのは恒火だった。

「何？」

「こう見えましても、俺は里でいちばん木には詳しいんですよ。まあ、枝なんてあとで切ってしまっても別にいいんですけどね。そんなことをしたら、木だって生きているんだからいけないだろうって」

「そんなことかまうものか」

「俺より木のことに詳しいやつが言うんですから、守ったほうがいいと思うんですよ。ここお寺ですしね」

恒火がちらりと吉備を見て、一瞬だけにやりとした。

右大臣は収まらない。

「その方ら、民の分際で大臣に意見するのか」

「あいにく、俺は大臣ではありませんが、木には詳しいのでね」

恒火が減らず口を叩く。右大臣の怒声と秋遠の叱責が同時に響いた。まったく反省の色を見せないで恒火が首をすくめる。

右大臣の怒りは収まらない。

「その者どもは、作業から外せ」

「は？」と弘智が聞き返した。

「先ほど私に意見したふたりを含めて、いま作業している夫役の者どもは東寺から別のところへ移せ」

そう言いながら木靴で造園地の土を蹴る。

「……っ」吉備が前に出そうになるのを弘智が止めた。

「この土も元に戻せ。大臣に対する無礼な振る舞いはひいては主上への無礼な振る舞いに同じ。そのような夫役の者どもが触れた土など穢れておる。こちらで新しい民どもを用意するから、作業をやり直させろ。——まったく、これでは主上の目が穢れてしまう」

吉備は我慢の限界を超えた。

「右大臣さまっ」と声を張った。押さえようとする弘智の腕も、若狭の声も、振りほどく。

「何か」

「あんまりです。彼らはたしかに身分は低いかもしれません。しかし、土や木や物作りへの知恵があります」

「だからこそ、主上もそれを照覧されようとなさったのだ。しかし、かような無礼千万な口の利き方では、土に穢れが残るわ」

「穢れなんてありません。みな、私の算術に従って、作業を頑張ってくれました」

「だとしたら、おぬしの算術に穢れがあるのだ」

「…………」

右大臣は不意に何かをひらめいたような顔になった。

「おぬしがやった計算ももう一度見直そう。導き手が誤ったから夫役の者どもも迷ったのだろう。主上の行幸まで時間はないが、東寺のほうでももう一度造園の見直しを図るように」

右大臣くらいになれば、吉備の算術に素直に耳を傾ける気にはならないようだった。

吉備は後宮に戻された。

明日は七夕の内裏は、儀式の準備で慌ただしく人が行き交っていた。

その中に吉備と若狭もいた。

七夕の捧げ物を確認していると、若狭が急に吉備に微笑んだ。

「ふふ。ねえ、吉備」

「何?」

「私たち、ふたりともずいぶん日に焼けたね」

と言って若狭が袖の中の腕を見せた。内側は真っ白なのに、外側は茶色になっている。

「胡桃丸よりも茶色いかも」

ふたりで笑い合いながら祭壇から下がると、ふたりを呼び出す者がいた。

惟家と匡親だった。

いつものように後涼殿(こうりようでん)の局(つぼね)に向かうと、ふたりが渋い顔で待っていた。匡親はともかく、惟家のそんな顔は珍しい……。

「七夕の準備で忙しいところ、申し訳ない」と惟家が頭を下げた。

「いいえ」

「単刀直入に話をする。吉備どのに東寺の造園作業に戻っていただきたいのです」

惟家の言葉に吉備はいつものように首をかしげた。

「右大臣さまがお見えだったではありませんか」

先日の右大臣なる人物を思い出す。あれやこれやと仕切り始め、これまでがんばった民たちの仕事ぶりにけちをつけ、彼らをなじり、頼みもしない新しい人員を勝手に増員した。

思い出しただけで震えるほどに腹立たしい。

「右大臣どのが口を挟んだおかげでむしろ収拾がつかなくなりました。作業は止まってしまい、現場には険悪な空気だけが残っています」

「はあ……」

「そこでもう一度、吉備どのに戻ってもらい、みなを導いてほしい」

「それはご命令ですか」

気づいたら吉備はそんな言葉を口走っていた。

「そういうわけではありません」と言って惟家が黙った。

静まった局に、外の音がよく聞こえる。女房や蔵人たちがあちこち歩き回ったり、仕事の終わった者たちが管弦の遊びをしていた。

匡親が口を開く。

「おまえのこと、おまえの算術のことを鼻であしらっていたのも反省させるから――」

「私っ」と吉備は大きな声を出した。「そんなことはどうでもいいんですっ」

「では、何が引っかかるのだ。途中から割り込んできてやはりうまくいかなかったからと再びおまえに押しつけようとしたことか」

「それもどうでもいいんです」目に涙がたまった。「私は計算ができるだけ。それを実際に実現するには働き手が必要なのです。それなのに。その大切な働き手である秋遠どのたちへのあの仕打ち。一生懸命に弘法大師さまのお寺をすばらしくしようと、不慣れな私の指示であっても従ってくださっていたあの方々へ、右大臣さまは何をしましたかっ」

「…………」

吉備が去ったあと、何があったか、匡親から少し聞いていた。

右大臣は自分の邸などで使っている下人たちを集め、あれこれ指示をし、秋遠や恒火たちにはその下働きをさせた。下人たちが秋遠たちを罵ろうが、暴力を振るおうが、すべておかまいなしだったというではないか。

「秋遠どのたちは一生懸命やっていました。なのに、急に出てきてケチばかりつけて、別の人間に任そうと言って……。いかに民といえどもあの方々の誇りを傷つけたこと、謝ってほしいのです」

とうとう涙がこぼれた。若狭が背をなでてくれた。

匡親が頭をかく。「右大臣が謝ったりは、しないだろうな」

「だったら私は戻りません。どうぞ困っててください」

吉備が乱暴に涙を拭う。

彼女の嗚咽が局に響いていた。

しばらくして惟家が口を開く。

「右大臣の代わりに私が謝るのではダメでしょうか」

吉備の涙が止まる。「惟家さまが?」

「そうです。私が、です」

「どうしてですか」

「匡親が言ったとおり、右大臣はたぶん頭を下げないでしょう。ならばこの中でいちばん官職が上であろう私が代わりに謝ります」

吉備はしばらく視線をさまよわせて、違う話をした。

「主上の行幸があるのですよね」

「はい。主上は大変心待ちにされているようです」

臣下としてそれは何としても成功させたいところだろう。吉備も同じ気持ちだった。けれども、どこかいまは素直になれない……。

「主上の行幸となれば、費用がかかります。たとえば、膳ひとつ取っても、紫檀地(したんじ)の螺鈿(らでん)蒔絵(まきえ)が施された御台、大盤、中盤を用いるのが作法ですよね」

「ええ。かなりの費用がかかり――すでに動き出しています」

「私なりに計算はしてみました」

行幸の宴ともなれば、まずは四種の菓子と酢と塩、次いで四種の干物、さらに酒盞(しゅさん)と銚子、五種の酒肴、二種の酒肴と一種の菓子、一種の酒肴と二種の菓子の六種類のものが並ぶ。

これらを膳からすべてそろえればおそらく安く見積もって銭二万文。先だっての絹四十疋にも相当するだろう。

さらに同行する定子や大臣、上達部の膳も必要になる。

すべて合わせればざっと銭五万文は超えるだろうと吉備は計算していた。

これらを東寺に負担させるとなると、かなりなことになるのではないか。

本来、吉備が気にすることではないのだが、どうしても気になったのだ。

「宴については、主上が寵愛する女御さまの実家で行うように根回しが済んでいます。だからそちらの費用は関白どのがすべて負担するのです。東寺などの負担はありません」

惟家が丁寧に教えてくれた。

いや、惟家は吉備がここまで気にするだろうと踏んで、事前に準備してきたのだと何となく思った。

「惟家さまは作業を再開させたいために私に戻れとおっしゃるのですか。それとも——私と一緒に作業をしたいから戻れとおっしゃるのですか」

口にしてしまってから、吉備は焦った。狼狽えた。自己嫌悪に陥った。

自分はどさくさに紛れて何てことを言ってしまったのだろう。

恒火の乱暴から守ってくれた惟家は、たしかに格好よかった。

けれども、主上の行幸がかかっているときに、自分は何て浅はかな質問をしたのだろうか……。


「え？」と惟家が驚いている。

ちらりと見たら匡親が頰を痙攣させていた。

そんなに怒らなくてもいいではないか……。

吉備はあらためて惟家の顔を見つめた。

「惟家さまも少し日に焼けましたね」

「真っ赤になったと言われます」

「匡親さまも。黒くなりましたね」

と惟家の後ろに視線を送ると、匡親が「うるさい」と横を向く。

聞きわけのない弟みたいな匡親の振る舞いに、少し心が軽くなった。

「私も、もう少し日に焼けてもいいかなと思います。若狭も手伝ってくれるよね」

と吉備が言うと若狭がうなずく。

「もう秋ですから徐々に日に焼けにくくなるでしょう」

吉備は若狭と顔を見合わせて笑った。

……吉備が戻ったことで乱れていた作業は再開された。

「あんたがいないと、落ち着かない」と秋遠がにやりと笑って出迎えた。「恒火のやつも、あんたがいないと元気がなくてな」

吉備もにっこりと笑い返した。

「みなさん」吉備が声を張った。「弘法大師さまのお寺を美しくしたいというみなさんの真心、もう一度見せてください。そして主上にもその真心をご覧いただきましょう」

男たちは、応と声を合わせた。

造園作業は整然と進み、橘と桜の園は完成したのだった。

算術で計算され、丁寧に植えられた木々は、当然ながら一輪も花をつけていない。

しかし、主上はその植えられた木の整然とした美しさをよしとされたそうだ。

主上はそこに春の喜びを見いだされ、かかわった人々の心の花を見て取られたのだった。

行幸の間中、主上はすこぶる上機嫌だったという……。

第五章

漏刻が告げた秘密

主上の行幸からしばらくたって、吉備と若狭はあらためて東寺へ行ってみた。

寺に参詣したあと、敷地をぐるりと歩いていると、いつものように胸元に抱いていた胡桃丸がきゃんきゃんと吠え出した。

見れば、弘智がいる。弘智さま、と吉備が声をかけた。

「ああ。吉備どのに若狭どのも」と弘智が振り返る。

彼は今日も寺の境内地の整備に余念がなかった。一緒に秋遠や恒火たちといった民たちもいる。

「先日は世話になりました」

と秋遠が無愛想な表情のまま頭を下げた。

「いいえ。こちらこそ。途中で後宮に戻るような形になって、申し訳ございませんでした」

「それはしかたがないでしょう。ああいう貴族たちが出てきたら、下々の者はそれに従うしかない」

「秋遠の言うとおりです。あなたはよくやってくださった」

と弘智が合掌して吉備に頭を下げた。

「弘智さま――」

吉備の鼻の奥がつん、と痛くなった。

恒火が作業の手を休めて苦笑いしている。

「まったく、おまえがいなくなったおかげで、俺たちも散々な目にあったんだからな」

「そうですよね……」

吉備がうなだれる。くだらない憎まれ口を叩くな、と秋遠が間髪入れずに恒火の頭にげんこつを落としていた。

「痛っ⁉」

「吉備さまがいなくなって、ふてくされていたのはどこのどいつだ」

「あっ、秋遠の兄貴、それは言わないでくれよ」

「ふん。素直でないやつはお大師さまの寺を任せられぬからな」

「そんなぁ……」

彼らのやりとりに、吉備は頬が少しほころぶ。そんな様子を笑顔で眺めていた弘智があらためて口を挟んだ。

「おかげさまで、きれいに木々を植えることができました。やがて季節が来れば人びとがここの橘や桜を愛でることでしょう」

「主上の行幸も無事に済んだようですね」

「はい。ありがとうございました。まったくもって、畏れ多い話で」

「行幸の列はご覧になったのですか」

と若狭が尋ねると、弘智が目を丸くした。

「とんでもないことです。私や秋遠たちはとてもとても……。主上のお姿を拝するどころか、行幸の列を遙か遠くで拝見した程度ですよ」

あの木々を植えるのにいちばん汗を流した人たちなのにな、と吉備は思った。けれども、弘智自身は静かに合掌して頭を垂れている。主上や女御たちへの感謝を捧げているらしい。遠くから眺め、ただ静かに感謝する以上を求めていないかのようだった。

吉備と若狭は弘智の案内で、先日造営した橘と桜の園に足を運んでみた。

胸元の胡桃丸が走り回りたそうにきゃんきゃん吠えている。「ダメだよ、胡桃丸」と若狭があやしていた。

橘と桜の苗木が秩序よく植えられている。

季節も違うから花はおろか葉の一枚もつけていない。

けれども、やがてこの木々が大きく成長していくはずだ。

桜は多くの人の目を楽しませるだろう。橘はその澄んだ香りで人々の心を清め、また実がなれば子供たちがその実を食べられるかもしれない。

そんなことを考えながら造園した場所を眺めていると、吉備は不思議な気持ちになった。彼女にとって、算術は算木を使って展開される数の美だった。

けれどもそれは、算木を崩したら目の前からは消えてしまうはかない美でもあった。

いま吉備は造園された場所を見つめながら、初めて算木を崩してもおしまいにならなかった算術を目の当たりにしたような気持ちになったのだ。

おしまいどころか、まだ始まってもいないのかもしれない――そう思うと無性に胸が温かくなった……。

吉備はそんな内容を弘智に話した。

まとまっていない、行き当たりばったりの気持ちから発した言葉を、弘智は思いのほか、真剣な表情で聞いてくれた。

吉備の話が終わると、弘智は木々を見つめながらゆっくりと話し始めた。

「釈迦大如来、お釈迦さまはおやさしい方でした。お釈迦さまというと、厳しい修行の教えを説くように思われがちですが、出家僧ではない在家信者の方々にはほんとうにおやさしく、わかりやすく法を説かれたそうです」

「そうなのですか」先日の『般若心経』講義の、理解はできたものの難しい教えが頭をよぎった。

ええ、と弘智が続ける。

「出家僧たちには執着を捨てよ、欲望の炎を消せと教えていましたが、在家信者の方々が心正しく商売に励んで財を蓄えるのはよいことだし、貯まった財でたまには妻にかんざしのひとつも買ってあげなさいと説いていました」

「何か意外です」と若狭も素直に驚いている。

「お釈迦さまは自分も他人も共に幸せになる道を説き続けたのですよ。その考えからすれば、人間は幸せを独り占めしてはいけない。福を受けたならば、どのように受け止めるかが大事だと思うのです」

まずは、そのような福はもったいないと惜しんで使い切らないこと。

次には、福を周りの人とわかち合い、みなで幸福になること。

最後が、自分たちでは使わずに、将来の人のために福を植えること。

「そもそも今日の一日があるのも私たちの力だけではありません。ならば、いま受けた福を将来のために植えて、やがて誰かの幸せに育っていくのを眺めることはとても尊いことだと思うのです。――いま吉備どのの話を聞いていて、私はそんなことを思いました」

「そんな……。私はそんな立派なことは考えていません――」

吉備は狼狽えた。けれども、弘智は首を横に振る。

「あなたが算術で作り上げたこの場所の木々は、あなたや私が生きている間には大きく立派に育って実をなすまでの完成はないかもしれません。けれども、何十年か、あるいはそれ以上の年月がたったときに、きっと多くの人を喜ばせるすばらしい園になるでしょう。あなたがなさったことは、あなたの算術は、いまの私たちや主上の笑顔だけではなく未来の笑顔をも作ったのです」

そう言って弘智が合掌しながら園の木々に拝礼していた。

吉備も自然に両手を合わせ、若い木々に祈っていた。

後宮では吉備の算術の腕前が一気に噂になって広まっていた。

これまでも多少、口の端に上ることはあったのだが、ごくささやかな笑い話程度で終わっていた。

けれども、その算術の噂が主上の耳に達し、主上の行幸まで行われたとなれば話は別である。

別どころか反転して、一気に嫉妬と化す。

それが後宮というものであり、内裏というものだった。

「後宮には算術の達人がいるのですって？」

「算術とはあやしの術の類ではないのか」

「空中から米を作り出すような不思議な技だとか」

「そのようなあやしげな者が後宮にいていいのかしら」

噂からだんだんに算術の何たるかの理解が広まればよかったのだが、そうはならなかった。人間の性は理解できないものを理解しようとするよりも、避けようとする。

「こんなあやしの術は内裏から追い出したほうがいいのではないか」

「真言密教や陰陽寮に大きな顔をされていらいらしている大学寮の者たちが入れてきた横槍かもしれんぞ」

「大学寮の算博士たちが後宮に送り込んだ刺客のような者だと思えば話がつながるな」

そのような噂は、本人の耳にも遅かれ早かれ届く。

悪口を言っている連中は半分、本人の耳に届けとばかりに発している。

東寺で弘智と話をしたあと辺りから、そのような声がぽろぽろと吉備の耳にも入り始めていた。

その翌日。匡親が吉備を後涼殿へ呼び出した。

今日は吉備ひとりで、とのことだったので、胡桃丸を抱えていつもの局に行くと匡親だけではなく、惟家もいた。「男女がふたりで狭い局にいると、何を言われるかわからないですから」と惟家が苦笑していたが、たしかにいまの吉備にはそのような気遣いが有り難いところだったろう。

ことに匡親の話を聞いてからは……。

水で喉を潤した匡親が、宮中で流れている「算術」と「それを使う者」への批判めいた言葉をかいつまんで話してくれた。

「……というふうにおまえは言われているのだが、どう思う?」

「はあ……」

吉備はいつものようにきょとんとしている。吉備の横におすわりしている胡桃丸もきょとんとしていた。

惟家が苦笑し、匡親がため息をつく。

「まあ、おまえはそういう人間だよな。多少の嫌がらせがあったとしても、嫌がらせだとすら気づかんかもしれぬ」

「何てことを言うんですか。私を何だと思っているのですか」

匡親が顔をしかめた。「言っていいのか」

「どうぞ」

「……算術ばか」

「ばかとはなんですかっ」

「前々から一度は言ってやりたかったんだよっ」

「ひどいっ」

気がつけば吉備と匡親は、少し前のような互いに気兼ねなく話ができる関係になっていた。東寺での一件で体を動かしているうちにあれこれ気をもんでいるのがばかばかしくなったからかもしれない。

吉備としてはいまのこのくらいの関係がすごく好きだった。気の置けない家族のような、兄のような……。

しばらく言いたいことを言い合ったあと、匡親が肩で息をした。

「まあいい。おまえはおまえなりにいつもどおりにやっていればいいさ」

「そうさせていただきます」

胡桃丸が小さくあくびをする。

昨日、弘智と話をしたせいで、算術に対する悪口などどうでもよくなりつつあるのも事実だった。吉備自身が想定していなかったような、別のものの見方が開けつつあるのを感じていた。

「算術は大切だし、大学寮でも教えているれっきとした学問です。算術への無理解については、別途考えなければならないと思っています」

と惟家がいつもながら物語から出てきたような秀麗な顔立ちに真剣な眼差し(まなざし)をのせて、そう言った。

るのだろうが……」

「考えるとは、どうするのですか」

するべきことが明確でなければ考えているとは言えない。算術と同様である。

「大学寮の算博士を呼んで簡単な算術の話でもしてもらえればもっとも手っ取り早いのだろうが……」

「算博士・小槻忠臣さまを呼んでいただけるのですかっ⁉」吉備の声が弾んだ。「ああ。算術の神さまです。あの方の講義、きっと孔孟もかくやと言わんばかりの最高の講義でしょうね。いつですかっ。明日ですかっ。明後日ですかっ。ああ、でも忠臣さまに算術を語らせたら、みんな忠臣さまに心酔してしまう……」

吉備が匡親と惟家にずんずんにじり寄っていた。

「近い近い近い近いっ」

匡親が叫びながら、惟家が無言で、彼女の接近から背をそらせる。

「あ、失礼しました」

吉備が元の場所に戻る。胡桃丸は何かをひらめいたようで毛づくろいを始めていた。

真っ赤な顔の匡親が咳払いをする。

「実際には厳しいけれどもな」

「どうしてですか⁉」

吉備がいきり立ちそうになった。

惟家が冷静に説明する。

「制度的な問題です。算博士は官位では従七位上相当。参内できる殿上の身分になるにはせめて五位でないといけません」

五位でも殿上できない人物もいるのである。

「そっかぁ……」吉備がしょげ返った。

「とにかく」と匡親が仕切り直す。「おまえへの周りからの評価が順風だとは思うなよ」

「はい」

別に他人様からの評価などどうでもいい吉備なのである。

「それからもうひとり、若狭というのがいたな」

「今日は私ひとりでとのことだったので一緒ではないですけど」

「それはいい。だが、彼女のほうにも目は光らせておかなければいけないだろう」

毛づくろいを終えた胡桃丸が惟家の膝にじゃれて転がった。

「どうしてですか」

「おまえと彼女は一緒にいることが多い。遠くから見れば同類ということだ」

「若狭まで何か悪く言われているのですか?」

吉備の眉が動いた。

「いまのところそれはない」と惟家が断言した。「だからこそ、彼女にまであらぬ陰口が降りかからないように気を配らねばということですよ」

「そういうことですね」

わかりました、と惟家たちの気遣いに頭を下げた吉備だが、このときのやりとりがすぐにでも現実のものになろうとしてるとはまったく想像できなかったのだった。

・✿・✿・✿・

ちょうどその頃、若狭は中納言と一緒に内裏の外へ出ていた。中納言だけではない。内侍司のほかの女官もふたりいる。

四人が向かった先は中務省だった。

中納言と若狭が言葉を交わす。

「大内裏の省を訪ねるのは久しぶりですね」

「少し緊張しますね」

中務省は律令制に定められた八省のひとつである。

律令ではまず祭祀を司る神祇官と政を掌握する太政官の二官が置かれ、そのうち、太政官の下に八省が置かれて実務に当たっていた。

中務省は主上の補佐をする省であり、詔勅宣下や叙位、その他朝廷の政全般を担うため、八省のなかでももっとも重要とされていた。主上の補弼を使命とする蔵人所ができてからは中務省の力は落ち、いくつかの官職については名誉職化した。

けれども、中務省が八省の要であったのには蔵人所だけではまかない切れないいくつもの職務を兼ねていたからだ。その点、蔵人所よりも、後宮における内侍司に近い。

中務省がほかの省と圧倒的に違っているのは、その下に理由がある。

すなわち、陰陽寮の存在である。

陰陽寮は言わずもがな、陰陽師たちが所属している役所である。

とかく、陰陽師というと人智を超えた祈禱や悪鬼退散、国と人の吉凶を占うなどの面が取り沙汰されがちだが、それ以外にも彼らは重要な仕事を担っている。天文を読み、暦を作り、時を告げる仕事である。陰陽師たちが暦を作るからこそ人びとは種まきの時期もわかるし、彼らが毎日の時をきざむからこそ各官職も整然と刻限どおりに仕事ができるのである。

当然ながら、そのためには算術も必要になる。つまりこの時代、国をあげて陰陽師という、目に見えない世界を相手にすると同時に複雑な計算を展開して暦を作るという、一見矛盾するような世界に生きる人材を養成していたと言える。

中務省での勤めを終えると、省の役人が女官たち四人にこんなことを言った。

「中納言どの以外は中務省に来るのは初めてでしたね」

はい、と三人の女官が答える。四人とも、後宮では素顔をさらして忙しく立ち回っているが、いまは珍しく衵扇(あこめおうぎ)で顔を隠していた。なれない扇が重たい。

「陰陽寮にも行ったことはないでしょう。どうでしょう。中納言どのさえよければ——占(せん)や祈禱の現場をお見せすることはできませんが、陰陽寮の漏刻(ろうこく)を見てみますか?」

漏刻とは水時計のことである。これを利用して、『延喜式(えんぎしき)』という律令では一昼夜を十二にわけて十二辰刻とし、それぞれに十二支の名をつけた。一辰刻(二時間)はさらに四刻にわけられ、そのうちの一刻(三十分)をさらに十にわけて一分とした。

この一分(現在の三分)ごとに細かく時刻を計るのも陰陽寮の重要な仕事だった。

きっと吉備がいたら喜び勇んで見に行くだろうな、と若狭は考えた。

ところがここに吉備はいない。蔵人の匡親に、ひとり呼び出されたのである。

はてさて、どんな話で呼び出されたのやら……。

あれだけはっきりと匡親のほうは吉備に好意を示しているのに、吉備のほうはどう考えているのか。しばらくは動揺して、それなりに考え込んでいるようだったが、東寺で土木作業の指揮をとっているうちに何だかうやむやになってしまった。いいのか、それで。

東寺での作業と言えば、民のひとりに絡まれたときに惟家がさっと民の腕を締め上げていた。あれは格好よかったと思う。横目で見たら、吉備も頰を赤くしていたし。

ひょっとして、吉備は惟家のほうが好きなのだろうか。

考えられる話である。

匡親のことは家族のように好きだと思っているようだけど、それは男女の「好き」ではない。まっすぐな性格の匡親もいいが、物語から出てきたような美男の惟家は見た目以上に頼りがいのある感じで好ましい。吉備ではないが、匡親は聞きわけのない弟か幼なじみ、惟家は大人の男のように若狭の目にも映る。

算術となると目の色が変わって、ちょっとの間違いも「おろそかなり」と指摘する吉備だが、自分の色恋についてはおろそかなままずるずるしているようだ。

閑話休題。

来ていない吉備のぶんまでしっかりと漏刻を見て帰ろう。

若狭はほかの女官たちと共に、陰陽寮に移動した。

・✿・✿・✿・

今日の勤めが一段落して、吉備は局に戻っていた。

「なかなか帰ってこないねー、若狭。どうしたんだろうねー」

弘徽殿(こきでん)にある自らの局で吉備は胡桃丸と遊んでいた。胡桃丸は小さな糸玉を与えられ、それに噛(か)みついてみたり、抱きついてみたり、ときどき吉備の手をなめてみたりと遊びに余念がない。

吉備のそばには算木が並んでいる。先ほどから一通り自分で勝手に問題を作って解いていたのだ。たとえば、この局と同じ大きさの玉があったら、その体積はどうやって求めるかとか。

吉備にとってはそんなふうにしてひとりで算木を使って遊んでいるときが——余人にはどう見られようとも——最高に楽しいひとときだった。

普通、一日の仕事を終えた女官女房というものは、歌を読んだり、碁や双六をしたり、管弦の遊びをしたりするものだ。あるいは男たちのやる蹴鞠を簀子で眺めるのもよくある話だし、いちばん手っ取り早くて楽しいのは女同士のおしゃべりだ。……というのが、吉備には当てはまらない。ほかの女官女房たちから見ればひとりで過ごすこと自体がなかなかに珍しいらしいのだが、吉備にはそれがまったく苦痛でない。むしろひとりで算術に没頭しているときの楽しさは、后の位もかくやである。

そのようなひとりを愛する姿が周りの目には奇異に映り、算術への偏見がなおさら進んでしまう面もあるのだが、それは吉備には想像できない。

「まだかかるのかなー」

吉備は再び算木に手を伸ばした。先日の国平の任地だった上総国の税収計算でもしていようか……。

そのときだった。

簀子を急ぐ音がする。音の雰囲気からして、男や女童たちではない。女官女房だ。

「吉備、吉備はいますか」

簀子から中納言の声が聞こえてくるではないか。珍しい。あの中納言が大きな声を出している。しかも自分の名前を呼んでいる。

はっきり言ってただごとではあるまい。

先ほどの惟家たちの話が頭をよぎった。算術絡みでとうとう具体的な問題でも起きたのだろうか。

算木をそのままに局から首を伸ばした。

「はい。私ならここにいます」

まだ少し向こうにいた中納言が飛び込んできた。

「大変です。吉備。落ち着いてよく聞いてください」

と言っている中納言自身の息が乱れ切っている。

「何があったのですか」

「若狭が、若狭が――」

吉備の眉が動いた。

「若狭がどうしたのですか」

「若狭が、陰陽寮で——都に時を告げる大切な漏刻を壊してしまったのです」

中納言の言葉を聞いても、吉備は一瞬何を言われたのかがわからなかった。

胡桃丸がそばで小さく吠える。

ようやくに事態が飲み込めると吉備は中納言を揺すった。

「それで若狭は——いま若狭はどこにいるのですか」

陰陽寮で漏刻を見学していたとき、若狭が不意に床で足を滑らせて漏刻に倒れ込んでしまった。その衝撃で漏刻は壊れてしまったのだという。

漏刻の損壊は、人びとが時の流れを把握できなくなることを意味する。

日の出や南中、日没による時の推察はできる。しかし、曇りや雨の日はそれもできないし、季節によっても変わる。

役人たちの仕事始めの時間も、終わりの時間もわからない。

宮中のさまざまな行事の開始と終了もわからないし、宮殿の門の開閉時間もわからなくなる。

つまり、仕事だけではなく、文化や軍事の面まで、幅広く影響が出てくるのだった。

前代未聞の事件だが、故意ではないとは言ってもこれだけの影響がある以上、若狭には重い罰が科せられるだろう。

その若狭はいま、内裏の中央北辺にある貞観殿の奥まった局に押し込められていた。

女官だけではなく、舎人も見張りに立っている。

吉備は中納言の案内でその局を訪れると、若狭に声をかけた。

「若狭」

格子を下ろされた局はなおさら暗く、小さく見えた。

「吉備」

と局の中央でうつむいていた若狭が顔を上げた。涙の痕が残るほどにすでに泣いて、疲れ果てた顔をしている。

格子に取りついて若狭に手を伸ばそうとしたら、舎人に押しとどめられた。

「手を伸ばすな」

「何ですって？」

「大切な漏刻を壊した犯罪人だ。これから調べもある」

吉備はかちんときた。何様だと思った。けれども、ここでもめても何もいいことはないと思い直す。

「若狭」ともう一度呼びかけると若狭がぼろぼろと泣き始めた。

「吉備……私、わたし……」

若狭の涙声に、吉備も胸が詰まった。

「中納言さま。蔵人を——蔵人の匡親さまと惟家さまを呼んでください」

「え?」

「急いで!」

中納言が飛び上がって蔵人所へ向かう。

吉備もとうとう涙がこぼれた。

「大丈夫。絶対」

「わたし……吉備の代わりに漏刻をしっかり見ておいて、吉備に教えてあげようと思ったのに……わたし……」

「もう泣かないで。大丈夫。大丈夫だから」

吉備が匡親と惟家を呼んだのは、舎人という男の役人に対抗するための本能的な判断だった。

ほどなくして中納言の先導でふたりがやって来る。

匡親の顔を見た舎人はイヤそうな顔をしたが、惟家を見た途端に舎人の背筋が伸びた。

「話は中納言どのから聞いた」と匡親が舎人をにらみながら言った。

「ふむ。そのような騒ぎなら、われわれのところまで聞こえても良さそうなものですが、初耳で驚いていますよ」

と惟家が静かに舎人に問いかけると、舎人は震え上がるようにして答えた。

「自分はこの場所の見張りを仰せつかっただけなので」

「そうですか」と惟家の声が静かに響く。色白の整った面立ちはいつもどおりなのだが、感情があまり露わではない。もしかして、惟家は怒っているのだろうか……。

「あの、惟家さま……」

と吉備が声をかけると、彼は一瞬だけこちらを向いて微笑んだが、すぐに舎人に冷たい眼差しを向けた。

「妙ですね。漏刻が壊されたとなれば、政務の滞りどころか主上への影響も考えられます。漏刻の予備はあるでしょうが、場合によっては行幸のときに用いられる主上のための漏刻を差し出す可能性もないとは言い切れません」

「はっ。しかし、私は一介の舎人で」

「舎人は宿直や護衛や雑務だからわかりません、と？　いいですよ。けれども、あなたは私の顔がわかるのですよね」

「は、はい。それは、もちろん」

「でしたら」と惟家が声を低くして舎人に顔をやや近づけた。「漏刻が壊れたとか、女官を拘束するとかいう話はきちんと、私の耳に入れろ。わかったな？」

「は、はい」

舎人が脂汗を顔中から垂らしている。

惟家は元の姿勢に戻ると薄く微笑んだ。

「どうもありがとう。それではさっそく、どなたなら詳しく話し合いができるか教えてください」

吉備は不思議なものを見るように惟家を見つめていた。先ほどの惟家の恫喝。初めて見た顔なのに、どこか見覚えを感じる。

こんなときだというのに、頭のなかになぜか橘の香りがこびりついていた。


吉備は惟家と共に中務省陰陽寮へ向かった。匡親は中納言と共に若狭のそばに残っている。事情がはっきりしないうちに若狭が勝手に処断されないよう見張るためだった。

陰陽寮では、漏刻が壊れたという異常事態のため、本来は交代制を敷いてふたりいる漏刻博士がふたりとも出てきていた。漏刻博士のひとりは予備の漏刻を調整しており、もうひとり、大春日弘公と名乗った人物が、壊れた漏刻を見せてくれた。

「これは……ひどいですね」

と惟家が顔をしかめた。

「ほんとうに……」と袙扇で顔を隠した吉備も言葉を失っている。

漏刻は水の流れ方が一定であることを利用した水時計である。四段の水槽からなる。水槽は石では扱いにくいし、やがて水で削れる。木は加工しやすいが水で腐る。そのため、木の水槽に漆（うるし）を塗って防水としていた。

四段の水槽の最も高いものともなれば、男の惟家の背丈の倍はある。

そのため、何段かの階段があり、そこに水を流し込み、四段の水槽を徐々に水が流れ、最下段の水槽にたどり着く。

四段にしているのは、水槽の中の水量によって水圧が変わって流水の量が変化するのを防ぐためだった。

最下段の水槽では水が徐々に増えていく。人形をつけた矢が浮かべてあり、水によって浮き上がる。人形が浮きの役割をしているのである。

その矢にある目盛りを読むことで時刻を知るという仕組みになっている。

時の流れが止まらないように、漏刻も止めるわけにはいかない。そのため、ふたりの漏刻博士がいて、さらに二十人の守辰丁（しゅしんちょう）がいた。守辰丁たちは漏刻の警備をしつつ、漏刻博士の指示で鐘を打って、刻限を知らせるのである。

いま目の前には、四段の水槽が壊れ、水浸しになっている状況が広がっていた。

漏刻博士の弘公が憔悴（しょうすい）した表情で事情を話し始める。

「今日、中務省のほうに女官のみなさまがご用事で来たようで。そのときに中務省の者が気を利かせたつもりだったのでしょう、漏刻を見学しませんかと誘ったそうで……」

女房たちの中で若狭がもっとも身を乗り出して見つめていたそうだ。

そのときである。ねずみだ、と誰かが叫んだ。四人の女官たちは恐慌に陥った。

ねずみがあちこちを駆け回り、女官たちは悲鳴と共に逃げ惑う。ぶつかり、よろめき、逃げようとして。

とうとう若狭が突き飛ばされるように漏刻にぶつかった。

悲鳴。水槽の外れる音。水槽が落ちる。割れる。水が辺りを濡らす。

ひとつ欠けた水槽が細い管でつながっている周りも道連れにする。

音と悲鳴と水が連鎖して、気がつけば漏刻は無残にも壊れ尽くしてしまったのだ。

守辰丁たちが水を拭き、壊れた水槽をまとめ始めた。

「ねずみに驚いた……」

吉備がため息をつく。若狭は大のねずみ嫌いだった。

「修復はどのようになっていますか」と惟家。

弘公が頭を左右に振る。

「もともと漏刻は飛鳥に都があった頃、大陸の技術をもとに作られています。複雑な計算が必要で、私たち漏刻に携わる者たちと算博士たちの協力が必要です。そうして求められた形に水槽などを作るのは熟練の者の手でもなかなかに難しく」

「………」

吉備はじっと割れた水槽を見つめている。

弘公が頭をかいた。「ねずみなんてこの十年、見たこともなかったのに」

「それはほんとうですか」と惟家が聞き返した。

「ええ。水槽といい、管といい、目盛りの矢といい、すべて木でできています。ねずみにかじられたら一大事ですからね。食べ物などは絶対にこの場所に入れないし、陰陽寮のほうではねずみ取りとして猫を飼っているくらいですから」

「それなのに、どうして今日に限って」

ものすごく運が悪かったのだろうか。占を専らとする陰陽寮で、何と間の悪い話だろう……。

「吉備どの。はたしてこれは偶然だろうか」と惟家が吉備にささやいた。

「偶然ではない、と……？」

「私は先ほどあなたに若狭どののことも気をつけようと話したばかりです。その舌の根も乾かないうちにこのような事故が起きている。話ができすぎていると思いませんか」

「では、若狭は誰かに陥れられた、と？」

惟家が眉をひそめる。

「その線は捨てられません。けれども、まずは壊れた漏刻をどうするか。あとは……」

と惟家が言葉を濁したときだった。

陰陽寮の入り口が騒がしくなった。

何事かと向こうを見れば、匡親の声がする。

「ここに内侍司の吉備どのはいるか？」

ほどなくして匡親がこちらにやってきた。

「ずいぶん慌てているようですね」と惟家が言う。いつもなら何か一言言い返してしかるべきな匡親だったが、息を切らせたまま告げた。

「若狭どの処遇について、五日後に裁定がされるとか」

刑罰には五種類あった。鞭打ちの笞罪、木製の棒で叩く杖罪、強制的に労役させる徒罪、遠方への流罪、さらには死を賜る死罪である。

このうち、死罪については、嵯峨帝の頃に起きた薬子の変以降行われず、事実上の廃止状態になっている。

すなわち流罪が事実上の最高刑であるが、衣食住をまともに与えられずに大宰府へ流罪となった菅原道真などの場合は、緩慢な死罪と言ってもよかっただろう。

何しろ、これまでに前例のない事件である。

「徒罪までで済めばいいが、悪ければ」

流罪や死罪の復活となるかもしれない――。

その瞬間、吉備の周りから音が消えた。

匡親と惟家が厳しい表情で何かを話しているが、聞こえない。

若狭が、流罪？　死罪？

ばかげている。

どれほど難しい技術の塊だとしても、所詮は「複雑な水槽」ではないか。

漏刻の貴重さがわからない吉備ではない。むしろ、算術に優れている吉備だからこそ、漏刻を正確に作成して運用するための計算がどれほど複雑かは察しがついていた。

実生活において漏刻が告げる刻限があればこそ、大内裏の開門もできるのだし、曇りや雨の日でも一日の終わりとしての日没頃もわかるのだ。

希少性と貴重性と重要性を考えれば、漏刻の破壊が大罪だというのもわかる。

けれども――。

ぱたり、という音がした。

手にしていた衵扇が落ちた音だ。

惟家と匡親が振り向く。

「どうしたのですか」

「何、おまえ、顔さらしてるんだよ」

関係なかった。

吉備の眉が動く。

「おろそかなり」

その言葉は吉備が算木を駆使する合図のような一言。それを聞いた惟家たちが顔をしかめ、弘公は首をかしげた。

「どうかされましたか……?」

「われ――おろそかなり」

そう言って吉備は懐から算木を取り出した。

「吉備どの。まさか――」

惟家の顔色が悪くなっている。ああ、この人もわかっているのだ。自分がいまからしようとしていることがどれほど無謀なことなのかを――。

けれども――私を算術姫と呼んだのはあなたですよ?

「漏刻は私が直します」

「……っ!」

男たちの視線が吉備の顔に刺さった。

「五日以内に漏刻を直せば――そうすれば若狭は罪に問われないはず。それで交渉してくれませんか、惟家さま」

さらにつけ加える。もしできなければ、私も同罪にしてくれ、と。

「何を言っているのか、わかっているのですか」

惟家が真っ青な顔になった。あなたは、と続けようとした彼を匡親が押しとどめた。

「一度決めたら俺たちの言うことなんて聞くやつではないのは、もう知ってるでしょう?」

「しかし、もしできなかったら――」

「あんたらしくないことは言うなよッ」と惟家を叱責して、にやりと笑う。「いい加減、あんたこそはっきりしたらどうなんですか」

惟家は無言で落ちた衵扇を拾うとそれを閉じて自らの懐に収めた。

「この扇は預かっておきます。作業の邪魔でしょうから」

「惟家さま……」

「若狭どのの助命の嘆願、たしかに引き受けました」

「ありがとうございます」

吉備が勢いよく頭を下げた。

「じゃあ、早速それぞれの仕事に取りかかろう」

と匡親が声を励ますと、弘公が申し訳なさそうに言った。

「まことに申し訳ないのですが、漏刻の設計などの資料がいまどこにしまっているものか。頑丈に作っているつもりだったので、その辺りの資料を探すだけでも三日くらいはかかってしまいます……」

匡親の頬が引きつる。けれども、惟家はいつもの悠然とした笑みを浮かべていた。

「かまいませんよ。きっとその資料は必要ない。――そうですよね？　吉備どの」

ええ、と吉備が算木を持って微笑む。

「一晩で計算してあげます」

弘公と匡親が唖然としている横で、惟家が笑う。

「それでこそ算術姫だ」

吉備のお願いどおり、五日間の猶予の間に漏刻を復旧できれば罪は不問とされる言質を惟家が取りつけてきてくれた。

惟家と匡親からその知らせを吉備が受け取ったのは、その日の夜遅くである。

陰陽寮の一角で吉備は算盤を何枚も広げて算木を大量に並べていた。

彼女のそばには中納言がいる。若い娘ひとりで陰陽寮で作業させるわけにはいかないからだった。若狭のほうには別の女官と、惟家が信頼できる蔵人がついてくれているそうだ。

「さすが、惟家さまです。ほんとうにありがとうございます」最上の笑顔で吉備が礼を言う。「あと、匡親さまも。惟家さまのお尻を叩いてくださったんですよね」

「まあな」と匡親が斜め上に目を向ける。「あーあ。俺はおまけ。わかってたけど、何で俺は惟家さまの点数を上げてるのかな」

惟家は吉備に餅を持ってきた。

「大変なのはこれからですよ。――よく嚙んで食べなさい。中納言どのもどうぞ」

知り合いの蹴鞠の会からくすねてきたという椿餅である。餅米の粉を甘葛の汁で練り、団子のようにして、椿の葉で包んだものだった。

「椿餅！　ちょうどおなかがすいていたんです。――甘くておいしいっ」

吉備がさっそく手を伸ばしていた。

彼女の周りには何枚もの算盤におびただしい算木が並んでたが、それだけでは足りないようで、何もない床の上にも算木が並べられている。吉備はといえば、唐衣を脱いで小袿姿になって、長い髪は邪魔にならないように麻紐で結んでいる。麻紐は通りすがりの陰陽師からもらった。

餅をかじりながら、吉備は算木をにらみ続けている。

「ああ。みなさんおそろいでしたか」と、外していた弘公が戻ってきた。

「夜遅くまでご苦労さまです。どうぞ、おなかの足しにしてください」

と惟家が椿餅を勧めると、弘公は目尻を下げる。

「いや、これは有り難い。ひとついただきます。――それにしても吉備どのはすばらしい」

「算術の腕ですか」

「ああ、椿餅はうまい。――そうです。壊れた漏刻の破片を見ながらどんどん計算を進めていく。私も算術は多少やりますが、吉備どのの速さには、手も足も出ません」

匡親があきれたようにしていた。

「何がそんなに複雑なんだ?」

「まず、水槽にどれだけ水が入るかを計算する必要があります。水槽の外側の寸法を測ってもそれはわかりません。水槽の木の厚さを引かなければいけない」

水の容積は、水槽の底面積かける深さで求められる。

底面積は、水槽の底の大きさだが、吉備が言ったとおり、外寸と内寸が違う。

つまり底面積は、水槽の底の木の大きさから、四辺の木の厚みを引かなければいけない。

「それをどのくらいの高さに置くかで次の水槽にどのくらいの速さで水が落ちていくかが変わるのです」

それを四つ考えなければいけない……。

「もともと水槽と水槽は銅の管でつながれていました。水圧の影響を抑えてなるべく一定の速さで水が流れるようにするためですけど、その太さによって、当然水量は変わります」

そうしなければ一定の時間で常に一定の水量が増えていかない。

最終的にもっとも下の水槽に、一定の速さで水が流れる必要がある。

さらに、四つの水槽を抜けていく水の量の計算、もっとも上の水槽に貯める量との比較、水槽ごとの水の流入量と流出量を一定に保つなど考えることはたくさんあった。

吉備の説明を聞いていた匡親は降参した。

「どこから手をつけていいのかわからぬ」

その横で吉備が、「間違えたーっ」と叫んで算木を戻す。

すまぬ、と話しかけづらそうになった匡親を尻目に、惟家が話しかけた。

「計算は夜明けにはできてしまいそうですね」

「ええ。根気よくやっていけばそれほど難しくはないと思います。算木を投げ出さない根性の問題です。――惟家さま、算術お詳しいですよね」

吉備が算木を左手で動かしつつ、右手で椿餅を摑んで食べている。未婚の娘としてはみっともない格好だったが、とにかく時間が惜しい。

算木がぱたぱたと動いていくのはいつもと同じだが、今回は算木の数が多いので渡り鳥の群れが大空を舞っているようだった。

「まあ、たしなみです。――ところで、計算したあとはどうするのですか?」

そこでふと吉備の手と口が一瞬止まった。

「日のあるうちに、中納言さまにお願いして、内侍司や後宮で把握している職人の方々をご紹介いただきました」

計算はできる。

しかし、吉備では、これほど精巧な木桶や銅管を作るのは無理だった。

「もちろん、陰陽寮のほうからも、ご紹介しました」と弘公が付け加えた。

なるほど、とうなずいた惟家が、「それで、その……そのぶんの銭はどうしたのですか」

餅を飲み込んだ吉備が、算木をひらめかせながら答えた。

「もちろん、私の実家から」

「……大丈夫なのか」惟家が真顔で尋ねる。

ええ、と笑った。この話を聞いて父が寝込んでしまったことは黙っていよう……。

翌朝、吉備は計算を終えた。

職人たちがやってきて作業が始まる。吉備は職人たちにそれぞれの仕事を割り振り、こまかな寸法を指示していった。

「すごいですね。これほどきちんとした指示をもらったのは久しぶりです」

と職人が喜んでいる。

「これなら木を切ってくっつければ勝手にできてしまいますよ」

「最初、若い女官が指揮すると聞いたので不安でしたが、算術ってすごいものなのですね」

職人たちが目を見張っていた。

「このぶんなら、明日には仮組みできそうです。問題なければ、漆を塗って乾かして、早ければ四日目になるしあさって。遅くとも五日目の朝にはできあがりますよ」

弘公が驚き、あきれている。

「こんなに早く漏刻ができるのですか」

「設計の計算がしっかりしているからですよ」と惟家が吉備を促した。

「惟家さまのお餅のおかげです」

吉備が笑う。徹夜で少し振り切れ始めていた。

「寝たほうがいいのではありませんか」と中納言が心配している。

いいえ、と吉備が首を横に振った。

「いま寝たら一日くらい寝てしまえる自信があります。それよりもまず仮組みできるくらいまでは私が見ます。その代わり、中納言さまにお願いが」

「何ですか。私にできることならどんなことでもしますよ」

「胡桃丸を持ってきてください。あのもふもふで癒やされたいのです」

即座に胡桃丸が届けられた。

胡桃丸は愛らしくきゃんきゃん吠えながら尻尾を激しく動かして吉備に甘える。吉備は胡桃丸の体に顔を埋めて首を左右に激しく動かした。

「よし。元気になった。もうひとがんばりだ！」

……その言葉どおり、吉備はやり切った。

その次の日まで一睡もせず、職人たちに指示を出し、計算の見直しを行い、仮組みができるところまで見届けたのである。

もうすぐ、三日目の朝になろうとしている。

算術に熱中していたときでもここまでの無茶はしていない。さすがに頭の後ろのほうが違和感を覚えてきた。

「あとは任せてください」という職人たちの言葉を聞いたような気がする。

胡桃丸を抱きかかえたような気もする。

気がつけば意識が消えていた。


どのくらいたっただろう。

「吉備、吉備」という中納言の声がした。

体が重い。

軽く目を閉じただけなのに、何だろう。

目を開けると、中納言の顔があった。

差し込む光がまぶしい。朝のようだ。

自分が横になっているのに気づく。

「あ、私、寝ちゃってた」

吉備は体を無理矢理起こす。

胡桃丸が吉備の手をなめていた。

「よく寝ていましたね。あなた、一日以上寝ていたのですよ」

「ええっ⁉　ちょっと目を閉じただけのつもりだったのですけど」と吉備が言い、あらためて周りを見回した。「あのぉ。ここ、どこですか？」

「内裏の西にある采女所（うねめどころ）です。さすがに陰陽寮で寝かせるわけにはいきませんから」

「そうだったんですか」

あくびが出そうになる。

はっきり言ってまだ眠い。

「もっと寝かせてあげたかったのですが、一大事です」

「何かありましたか」

吉備の頭が急激に覚醒する。どこかで計算の間違いがあっただろうか。算木と算盤がまだ陰陽寮にあるならすぐに計算をして……。

だが中納言が告げた内容は、吉備の頭の回転ではもはやどうにもならない内容だった。

「落ち着いて聞いてください」

そう言って中納言が告げた。

作成中だった新しい漏刻がすべて壊された、と。

「漆は塗るよりも乾かすほうが難しいのです。墨や絵具と違って、湿気を保ちながら乾かさないと、よれたりひび割れたりするのです。そのため、室（むろ）を作って乾かすのですが
……」

と漆塗りの職人が唇を噛んだ。

陰陽寮の一角。吉備が寝てしまう前に作業をしていた場所には、仮組みまでできた新しい漏刻が砕かれた無残な姿をさらしていた。

「どうして……」

それがやっとだった。

悔しい。

悲しい。

こんな格好見せたくないと思っても、体は勝手に膝から崩れた。

涙があふれる。

「室は湿度を保つために頻繁に様子を見ます。そのわずかな間に……室ごと壊されました」

すみません、と若い漆塗りの職人が同じように崩れ落ち、男泣きに泣き始めた。

「きったねえ真似(まね)を――ッ」

匡親が拳を握り、身を震わせている。

「見張りには私が念のために蔵人を三人つけていた。相手は七人くらいいたそうだ」

と惟家がつけ加える。惟家の顔も蒼白(そうはく)だった。

漏刻博士の弘公やほかの職人たちも、沈鬱な表情のまま漏刻の残骸を見つめている。

吉備はめまいがした。

倒れそう。

倒れたい。

倒れたら楽だろうな……。

胡桃丸が気遣わしげに吉備の周りをうろうろしている。

その仔犬（こいぬ）の瞳の向こうに、若狭の泣き顔が見えた気がした。

なぜか一緒に、東寺に植えた橘と桜の若木が思い出された。

――私がここで泣いてても始まらない。

いま私がやらないといけないことは何？

若狭を助けるために何ができる？

未来に木を植えるような、何ができる？

私が漏刻作成を言い出した。

ほかの人はそれに巻き込まれただけ。

吉備は立ち上がると涙を拭って漆塗りの職人のところで膝をついた。

「ごめんなさい。大切な室を壊されてしまって。悔しかったですよね」

また涙が吹き上げてきた。でも、この涙はさっきとは微妙に違っている……。

「悔しいです」と漆塗りの職人が大きく鼻を啜った。

「室についてはきちんと建て直して弁償します。ほんとうにごめんなさい」

「え？」と彼が顔を上げた。「いや、そんなことは――」

吉備はがんばって笑顔を作った。

「みなさん、この数日間、ありがとうございました。ちょっと最後で失敗しちゃいましたけど、きちんと代価はお支払いします。――これで、解散しましょう」

吉備はそう言うと一礼して算木の残る隅に座った。

匡親が声をかけようとするのを惟家が止めた。匡親は苦い顔をして、ほかの者たちを振り返った。ひとりにしてやってくれ、という匡親の声が聞こえたように思う。

気づけば作業場にひとり、吉備が残った。

しんと静まった空気が両肩にのしかかってくる。

吉備は両膝を立てて座り、顔を埋めた。

父の銭も財も、職人たちに支払ってしまえば、もうない。

それどころかいまは朝とはいえ、今日は四日目。

お金も時間もない。もうダメだ。

せめて若狭は救いたい。

もともと若狭は算術とは無縁だ。吉備という算術好きがそばにいつもいたせいではめられたのかもしれないのだ。

犯人が捕まえられればいいけど。

たぶん、室を襲ったのも同じ連中なのだろう。一体何人いるのだろう。

私、算術をやっていただけなのにな。

何でこんなに嫌われたのだろう。

「ばっかみたい。ふふ」

思わず吹き出してしまった。自分がばかみたいで。

とにかく、若狭は救い出そう。

何とかして若狭を内裏の外へ出して、しばらく隠れていてもらおう。

私が代わりに処罰を受ければいいではないか――。

再び吉備の頭が白熱し始めた。どうやれば若狭をあの局から出せるか。方法を考えなくては――。

そのとき、胡桃丸が小さく吠えた。

「わん」

「どうした?」

と胡桃丸に目を向けると、さらにその先に惟家が立っていた。

ああ。ほんとうに物語から出てきたみたいにきれいなお顔……。

惟家は寂しげに微笑むと吉備の目の前までやってきた。

胡桃丸が場所を空ける。惟家は仔犬がいた場所——彼女の真正面に膝をついた。

「自分が犠牲になろうと考えていましたね?」

吉備は硬直した。深い瞳に見透かされて。涙が一気にあふれた。

「だって。そうしないと、若狭が——」

大きな声を立てて泣きじゃくる吉備の背を、惟家がやさしくなでてくれた。

橘の香りがする。

「あなたならそう考えるかもしれないと思っていました」

しばらくして涙の波が引いた吉備は尋ねた。

「橘の香り……橘の精みたいですね」

すると惟家はにっこり笑った。

「あなたは昔も私に同じようなことを言いましたね」

「え?」

それは幼い日の雨の邸の思い出。『あなたは、お人形？　それとも橘の精？』

とっさに何を言ったらいいかわからなくなった吉備に、惟家は近くの算木をひとつ取って吉備の右手に握らせた。

「これを知ってますか？　算木というのです。黒い木と赤い木のふたつを使う。この算木を使うと、世の中のあらゆる数を求めることができるのです」

惟家の言葉に、遠い昔の《橘の君》の声が重なる。

『これ、知ってる？』

『これはね、算木っていうんだよ。黒い木と赤い木のふたつを使うの』

『この算木を使うと、世の中のあらゆる数を求めることができるんだ』

吉備はこれ以上ないほど目を大きく見開いた。

「まさか……惟家さまが《橘の君》……？」

笑顔のまま、惟家がうなずいた。

「私があの日、あなたに算木の使い方を教えたのは、あなたを苦しめるためではありません。あなたの笑顔が見たかったからです」

惟家が吉備の右手を両手でやさしく包む。

吉備も左手をさらに重ねた。

「こ、惟家さま……。あなたが、私のお慕いしていた――」

そのときだった。

盛大な咳払いが聞こえた。

ぎょっとなって吉備が振り向くと、簀子から匡親が覗くように立っている。

「お楽しみのところ邪魔するよ」

「ほ、ほんとですよ。――いえ、違います。何でもありません」

吉備は頬も耳も全身が熱い。さっと手を振りほどいた。

匡親はそんな彼女を一瞥するだけで惟家のそばにで膝をつく。

「仰せのとおり、東寺から弘智どのと秋遠どのたちを呼び寄せました。惟家さま――いえ、参議従三位・藤原道頼さま」

「は?」と吉備は思わず変な声が出た。

惟家は「わかりました。入ってもらいなさい」とか言ってる。

「ちょ、ちょ、ちょっと。ちょっと待ってください」

「どうかしましたか」

吉備がふたりの会話に割って入った。

「藤原道頼さまって? 惟家さまではないのですか?」

惟家が苦笑する。

「ほんとうは、あなたには自分で明かしたかったのですけどね」

「俺もそのつもりでした。でも、この火急の際にお楽しみな様子を見て、気が変わりました」

「ごめんなさい。私、全然ついていけてない」と吉備がめまいを覚えていた。

匡親が白い目で見ている。

「おまえ、ほんとうに気づいていなかったんだな」

「何、なに。何がですか？　それより、藤原道頼さまといったら……」

関白藤原道隆の長子であり、女御定子とその兄・伊周の異母兄である。

「そうですね」と惟家――道頼があっさり認めた。

「蔵人ではなかったのですか」

「五月に参議になったばかりです。それまでは蔵人、というか蔵人頭でした」

左近衛中将を兼務していたから、いわゆる頭中将であった。

「あ、あ……」

「惟家、なんていうのはこの方が身を隠すための偽りの名。おまえは知らないかもしれないけれど、蔵人頭は定員がふたりなんだ。もうひとりは藤原公任さま。やっぱり頭中将。だから、頭中将がふたりというのは混乱するだろうからと、女官たちの前では惟家を名乗ってたんだよ」

「女御の異母兄というのは微妙な立場ですからね。父の後継は伊周でいい。だから私は長子といっても庶子ですから、結構自由にやらせてもらっているのですよ」

自由すぎだ。

「いろいろぼろは出してたんだぜ、この方。生まれがいいからか、嘘が苦手みたいで。ときどき関白さまや伊周さまを呼び捨てにしてたし、この前だって舎人を震え上がらせてただろ？」

「た、たしかに……」

「そもそも、漏刻を壊した犯人の助命嘆願が一蔵人でできるかっていうの」

腹違いとはいえ、定子の兄から助命を言われたら、考えざるを得ないだろう。

「ひょ、ひょっとして東寺のときにもいろいろ陰で……？」

「あなたが作業に戻れるように右大臣に交渉したり、主上の行幸の宴を父の邸で開かれるようにしたり、少しだけ動きました」

吉備は胸が熱くなった。

「じゃ、じゃあ、ずっと私のことは覚えてててくれて」

「最初に会ったときにすぐ思い出しましたよ。昔と同じく愛らしい顔をしているから」

「《橘の君》さま……」

匡親が手を叩いた。

「はいはい。そこまで。——おーい。弘智どの。秋遠どの。みんな入ってくれ」

その声を合図に、弘智や秋遠たちが入ってきた。

「吉備どの」と弘智たちが彼女の周りに集まる。

「弘智さま。これは——？」

「道頼さまから事情は聞きました。あなたが大変お困りだということで。秋遠たちは土木作業だけが強みではありません。板を自在に組み合わせることにも長けていますし、細かな作業もできます。銅を扱うこともできますぞ」

「必要になる木材もかき集めてきた」と秋遠。

「助けてやるよ」と恒火が偉そうな口をきいて秋遠にはたかれていた。

彼らの後ろには先ほど解散したはずの職人たちもいるではないか。

「みなさん——」

驚く吉備に漆塗りの職人が代表して言った。

「私たちも先ほど帰ろうとしたところ、道頼さまに呼び止められまして。給与はさらに倍払うからもう一肌脱いでほしい、と」

「あ、ありがとうございます。でも、私、そんな財はもう——」

すると匡親が肩を叩いた。

「相変わらず鈍いな、おまえ」

「何がですか」

「銭に関することはすべて道頼さまが見てくれるって言ってるんだよ」

「うそ⁉」

思い切り大きな声が出た。

「ふふ。これでも摂関家の一員ですからね」と、道頼が苦笑していたが、その笑みを抑えるとこう言った。「算術はあなたのほうが遙かに上です。だからそちらの知恵はあなたに任せます。けれども、銭に関することならば私のほうが上だと思います」

「…………」

「私はあなたの力になりたいのですよ」

男たちが笑っている。

そばで胡桃丸が小さく吠える。まるで「みんなに答えなよ」と言うように。

寝不足の頭には一気にいろんなことが起きすぎだ。

けれども、動転している暇もない。

「みなさん」と吉備は再びここにいる人びとを見回した。「時間がありません。今日中にまた仮組みをして漆を塗らなければいけません。漆を塗ったあとの微妙な差を試す時間はないかもしれません」

男たちは笑顔のままだ。

みんなを代表して匡親が声を上げた。

「でも、それも計算できてるんだろ?」

吉備は一拍おいて答えた。「もちろんです」

男たちが大きな声を上げてどっと笑った。

「それではあと一日ちょっと。漏刻をみんなで作り上げましょう」

応、と男たちが答え、作業が始まった。


二度目だし、人数も多い。

作業はどんどん進んでいく。

有り難い気持ちでいっぱいになっていると、道頼がささやいてきた。

「みんな、算術に打ち込んでいるあなたの真剣さが好きなのでしょうね」

「そんな……」

「けど、いちばんその真剣さが好きなのは私ですけどね」

これまでは偽名でしたから正直に言えなかったけれども、と道頼が言葉を足すと、吉備は熱が出たようになって倒れそうになった。

「そ、そういうのは算木では計算できません」と言って吉備はそっぽを向いた。「だから、恋とかって苦手です」

「ふふ。このくらい言わないと算術でいっぱいのあなたの心には届きそうにないですからね」

よろめいた吉備をめざとく見つけて、「おい、大丈夫かよ」と匡親が飛んでくる。

「大丈夫です。どうせ倒れるならもう少しあとにする」

胡桃丸が楽しげに何度も鳴いていた。

かくして、みんなの力を合わせた新しい漏刻は完成した。

参議たる道頼の呼びかけで左右の大臣がやってきて検分する。

さすがに緊張した面持ちの吉備が、一段目の水槽へ二段目の水槽からの銅管を下ろす。

だが——。

「水が流れない……!?」

吉備は目の前が暗くなった。

何がおかしい？　計算は合ってるはずだ。漆による誤差も考えた。どこかで水漏れが起こっているわけでもない。何が間違っているの——。

大臣たちがざわめく。

そのとき、道頼が「失礼します」と立ち上がると漏刻に近寄り、吉備が最後に下ろした銅管を指で弾(はじ)いた。

水が流れ始めた。

「おお」と大臣たちがどよめいた。「漏刻が動き出した」

きょとんと見ている吉備に、道頼がささやいた。

「漏刻には川の水を使います。川の水にはごく少量ですが砂や小石などが混じっている。それが邪魔をしていたのだと思います」

「あ」と吉備が口に手をやった。

「あなたらしくない計算漏れがあったみたいですね」

すると吉備は満面の笑みで答えた。

いいえ。私の危機にあなたが助けてくれるのは、過去の事例から計算済みでした、と。

かりそめの結び

漏刻(ろうこく)の復旧をもって若狭(わかさ)は無罪放免となる。

陰陽寮に新しい漏刻を見に来た左大臣が、吉備(きび)を手放しで褒めて内裏へ戻っていく。

同様に右大臣も吉備に笑顔で賞賛の言葉を述べると表へ出ていった。

その言葉とは裏腹に吉備を一顧だにしない。

「右大臣さま」と牛車に乗ろうとした右大臣を呼び止めたのは道頼(みちより)だった。

「おお。道頼どの。此度(こたび)は大変でしたな」

畏れ入ります、と言った道頼が白皙(はくせき)の美貌にあやしい笑みを浮かべる。

「今回は実に奇異なことでした。十年ぶりに陰陽寮でねずみが出たとか」

「不運だったことよな。しかし、これで一件落着だろう」

「おやおや。十年ぶりのねずみ、不運の一言でお済ませになりますか」

「何？」

道頼が顎を引いて、右大臣をにらむようにする。

「先日の主上の東寺への行幸のとき、あなたさまは造園の指揮をとりに来た。ほんとうなら右大臣の指揮など名目だけのもの。最後のおいしいところだけを手にすればよかった。ところが相手は算術以外の宮中のしきたりや常識の通じない相手。ぶつかったあげくに彼女を後宮に戻さざるを得なくなりました」

「………」

「それで困ったのはあなたさまでした。最後の名誉だけをかすめ取り、主上の覚えをよくしようとしたのが、むしろ彼女を戻すためには自分が引かなければいけなくなった」

「おぬしがそうせよと言ったのだろう」

「ええ。あなたさまがいては彼女の計算どおりの造園ができませんでしたから」そこでいったん言葉を区切った道頼は一歩、右大臣に近づいた。「それが不服で今回のねずみを仕掛けましたね？」

「………っ」

「漏刻は大事です。けれども、それをたまたま壊してしまったからと言って、予備もあるのにいきなり死罪をちらつかせたのは、あまりに横暴。けれども、そうすれば彼女が出てくると踏んでいたのですね」

本来であれば、若狭を罷免して実家に返すくらいでもよかった。あるいは弁償するための財貨を出させればよかったはずなのだ――。

右大臣の顔が青い。

「証拠。証拠はあるのかね」

すると道頼は物語からそのまま出てきたような笑みを浮かべた。

「証拠を出してしまってもいいのですか？」

「………ッ」

「これよりのち、算術姫——あの吉備という女官は、この藤原道頼が庇護します。これは私の意思ですが、関白である父や女御である妹の意思でもあることを申し添えておきます」

右大臣は唇を震わせ、怒り出したような顔で牛車に乗り込んで行ってしまった。

右大臣の牛車が見えなくなると、匡親が出てきた。

「食えないですね」

「右大臣さまのことですか」

「おふたりともです」

「右大臣さまのこと、見張っておいてください」

「俺、蔵人で主上の直属なんですけど」

道頼はただにやりと笑って、匡親の言葉を受け流した。

「ふ。食えないのは匡親もでしょう」

「何がですか」

「吉備のこと、まだ狙っていますね？」

匡親は答えず、こちらもにやりと笑った。

陰陽寮の中から吉備の声が聞こえる。

算術姫に想いを寄せるふたりの男は互いに笑みを交わして、陰陽寮へ急ぐのだった。

・✿・✿・✿・

漏刻修復から十日ほどたった。

局に押し込められていた若狭もすっかり元気になった。

「だいぶ風向きが変わったね」

と若狭が言うと、吉備が慌てて空を見上げる。

「夕立とか来そう？」

いま、ふたりは冬の几帳を陰干ししているところだった。

「そうじゃなくて、算術への風向き」

「ああ」と吉備は笑った。

漏刻の修復というとんでもないことをたった数日で成し遂げたことで、算術にも算術姫にも賞賛の機運ができていた。これには東寺の弘智や秋遠たち、あるいは漏刻修復で実際に体を動かした職人たちの宣伝が宮中まで浸透してきた面もあった。

「私ね。算術って問題を解いて終わりだと思っていたのだけど、東寺の造園や漏刻の修復を通して、ただ問題を解くだけではない、算術の向こうにまだ見ぬ人びとへの貢献があるのかもって思えるようになったの」

「……難しいことを考えているのね」

「平たく言えば、誰かのお役に立てる道が見つかったってこと」

陰干ししている色とりどりの几帳に囲まれていると、自分が多彩な衣裳に囲まれた人形になってしまったようで夢見心地がする。

「そういえば、惟家さまの発案で女官や若い蔵人たちを中心に大学寮の算博士の話を聞きに行ったのよね？　どうだった？」

「最っ高」

算博士の小槻は小さな声でぼそぼそとしゃべる地味な老人だが、その学識は富士山のように高かった。講義の間中、吉備はうっとりとしていたものである。あとで、大半の聴講者があくびを嚙み殺していたと聞いたときには、胡桃丸にそのような不届き者を嚙ませに行こうかと思ったくらいだった。

ちなみに若狭は押し込められていた局から出て日が浅かったので、大事を取って休んでいた。

「よかったね」と微笑んだ若狭があることを思い出した。「あ、惟家さまではなくて道頼さまだったたね」

若狭も惟家の正体には気づいていなかったのである。

「すっかりだまされたよね」

と吉備が笑うと、若狭が意味深な笑みを浮かべた。

「吉備にとっては《橘(たちばな)の君》のほうがいいのかな?」

その言葉に吉備は頬が緩む。われながらだらしない笑みになっていると思う。

「へへへ」

いままで漠然と想っていた《橘の君》への気持ちが初恋と呼べるようになった気がする。すなわち――いま吉備は恋をしているのだ。算術で解けない問題に挑んでいるのだ。

答えはまだよくわからない。

解法が正しいかもさっぱりだ。

「匡親さまもいい人なのにね」

思わず吉備がずっこけそうになる。

「どうしてそこで匡親さまが?」

「だって。好きとか言われたわけだし」

「うっ」

　先ほどとは違った意味で吉備は頬が熱くなる。

　その匡親はいままでとまったく接し方が変わらないので、どうしていいのかわからなくなるときがある。

「吉備は顔に似合わず、男を両天秤（りょうてんびん）にかける性格だった、と？」

「そんなことないし。匡親さまにはむしろいろいろ相談に乗ってもらっているし」

　しかたないのだ。漏刻のときに道頼はあんなことを言っていたが、童の頃と違っていまはかなりの身分差があるのもはっきりしているわけで……。道頼だとわかって宮中の噂を聞いてみれば——吉備が宮中の噂を気にするようになったのは別の意味で大変なことなのだが——ずいぶん大勢の女官女房が憧れているようではないか。道頼の言葉を信じていいのか、身を潜めるべきか、ときどき匡親に相談していた。

「匡親さま、かわいそう」

　と若狭が袖で涙を押さえる仕草をした。

「え。どうして」

　ちなみに結論は出ていない。なぜ算術のようにすぱっと答えにたどり着けないのか。

「どうしてそこで無自覚なのかな」

　そのときである。簀子から匡親の声が聞こえてきた。噂をすればなんとやらである。

匡親は吉備を捜しているようだ。

「はい。こちらに」と陰干しをしている間から顔を出すと、匡親が困った顔でこう言った。

「すまんがまた知恵を貸してくれないか」

「今度はどうしたのですか」

「内大臣さまの邸の庭が、予定の広さではないともめているんだよ。吉備なら土地の広さを正しく測ることもできるか？」

「何ですか、その難問」と若狭が眉をひそめているが、吉備は違った。

「おろそかなりっ」と閉じた袙扇で匡親を指す。「土地の広さを求めるのは算術の基礎のひとつですよ」

基礎の問題をひとつひとつ解いていけば、あるいは問題をひとつひとつ細分化すれば――どんな難問も最後は解けるはず。

それは恋だってきっと同じ、はず。

いつか、恋だって算術で解き明かしてやる。

東寺に植えた橘の木に一輪だけ白い花が咲いていた。

本作品は書き下ろしです。

本作品に関するご意見、ご感想などは
〒101-8405
東京都千代田区神田三崎町2-18-11
二見書房 サラ文庫編集部 まで

平安算術(へいあんさんじゅつ)がーる

2022年 6月 10日 初版発行

著者 遠藤 遼(えんどう りょう)

発行所 株式会社 二見書房
東京都千代田区神田三崎町2-18-11
電話 03(3515)2311 [営業]
03(3515)2314 [編集]
振替 00170-4-2639

印刷 株式会社 堀内印刷所
製本 株式会社 村上製本所

落丁・乱丁本はお取り替えいたします。
定価は、カバーに表示してあります。

ISBN978-4-576-22068-0
https://www.futami.co.jp/sala/

二見サラ文庫

鬼切りの綱

岡本千紘

イラスト＝佳嶋

才色兼備・文武両道の武闘派貴族・源綱が名刀「鬼切」に憑いた鬼・薔薇と共に鬼を切る——。怪異と人のかかわりを描く、匂いやかな伝奇物語。

二見サラ文庫

織姫の結婚
～染殿草紙～

岡本千紘

イラスト＝藤ヶ咲

忘れられた姫・謹子の暮らす染殿に今をときめく若公達・藤原真幸が。賀茂祭での出会いから運命的に結ばれた二人だが結婚には障害が…。